Marcelle Tinayre

Château
En Limousin

Roman vrai

ISBN : 978-3-98881-010-6

10 9 8 7 6 5 4 3 2 1

Marcelle Tinayre

Château
En Limousin

Roman vrai

Table de Matières

J'offre ce livre à mon ami Albéric Cahuet, dont le talent et le caractère servent si bien notre petite patrie limousine.

AVANT-PROPOS

Mme Lafarge, morte depuis quatre-vingts ans, possède encore le don de séduire et de persuader. Son ombre garde une puissance singulière sur les imaginations qu'elle fascine. Elle a toujours des fanatiques, des « croyants », comme elle disait, avec un orgueil qui ne s'étonnait d'aucun hommage, et, dans les livres si nombreux qu'elle a inspirés, l'on trouve, à côté de réquisitoires impitoyables, des apologies enthousiastes jusqu'au délire.

Il semble difficile d'étudier, sans parti pris, cette figure extraordinaire. Je l'ai tenté, pourtant. Aussi bien, voulais-je me délivrer d'elle, car il y avait longtemps qu'elle me hantait. On ne peut séjourner dans le pays limousin et se désintéresser tout à fait de l'« affaire », puisque, après un siècle écoulé, les passions contraires qu'elle suscita demeurent vives et même violentes.

Mais ce qui m'attirait, c'était moins la tragédie du Glandier que ses causes profondes, moins le procès que l'accusée, moins le crime que la criminelle, moins l'énigme judiciaire que le mystère psychologique.

Le romancier tire une action du choc des caractères. Suivant une méthode inverse, je suis allée de l'action aux caractères qui la déterminèrent, par leur conflit.

L'explication de Marie Cappelle, je l'ai demandée aux gens et aux choses qui l'entourèrent, à ce petit monde provincial qu'elle détesta, faute de le comprendre, à ce mari qu'elle essaya d'aimer et ne sut que haïr, à leur vie conjugale dont le secret contient tout le secret du drame qui en fut l'horrible dénouement. Et je l'ai demandée surtout à Marie elle-même, à cette âme trouble de mythomane, à cette féminité souffrante et viciée.

Elle s'est abondamment décrite, et n'a jamais pu se connaître, parce qu'elle n'a jamais pu regarder la réalité sans la déformer. La vérité qu'elle ne dit pas, existe dans ses fausses confidences, dans ses actes accomplis ou imaginés, comme un filigrane dans la pâte d'un papier. On ne l'aperçoit que par transparence, sous l'étonnant réseau de textes contradictoires, embrouillés et surchargés.

Beaucoup de lettres me sont venues, pendant que je préparais ce livre. Des « croyants » de Marie Cappelle m'assuraient qu'ils attendaient de moi, femme, la défense et la réhabilitation de cette femme. C'était bien mon sentiment, au début de mon travail, mais un sentiment n'est pas une opinion, et il arrive que l'étude et la réflexion le modifient.

Il me suffit d'avoir été sincère en peignant le portrait de Mme Lafarge, telle que je l'ai vue dans le cadre du Glandier et dans l'atmosphère morale de son époque. Expliquer un être par ses tares et ses monstruosités mêmes, ce n'est pas l'innocenter ; c'est l'excuser, peut-être…

Chapitre I

Jadis, nous faisions des châteaux en Espagne. Maintenant, j'en ai un en Limousin…

Marie Cappelle.

La voiture, attelée en poste, descendit la pente d'un chemin creux. La pluie d'orage avait comblé les ornières, et l'eau boueuse qui giclait sous les roues criblait de taches la capote rabattue du briska. Enfoncé dans son manteau à pèlerine, le postillon retenait péniblement ses chevaux.

Ce jour de plein été – 15 août 1839 – était brumeux et blanc, avec l'odeur automnale qui sort des bruyères mouillées. Toute l'humidité du pays corrézien, où le sol granitique fait sourdre tant de fontaines, semblait s'exhaler en vapeurs moites dans l'étroit vallon du Glandier.

Au fond du briska, deux femmes étaient assises, coiffées de larges capotes qui masquaient leur profil. La plus âgée, Mme Joseph Pontier, quadragénaire au nez busqué, aux vifs yeux bruns, se consolait du silence de sa voisine en caressant un affreux petit chien jaunâtre, de l'espèce levrette, blotti dans son vaste giron. La plus jeune, hier Mlle Cappelle, aujourd'hui Mme Charles Lafarge, brune pâle aux grands yeux fiévreux, aux bandeaux noirs mi-cachés par le voile de gaze tombant de son chapeau cabriolet, était recrue de fatigue et de tristesse, à la dernière étape d'un dur voyage de trois jours, qui était, ô dérision ! son voyage de noces.

En face d'elle, se tenait son mari, Charles Pouch-Lafarge, maître de forges au Glandier et maire de Beyssac, épais garçon de vingt-huit ans, d'une laideur camuse, éclairée de belles dents quand il riait de son gros rire. Mais il ne riait pas en approchant de sa maison, le « château » du Glandier, où sa mère et sa sœur attendaient la nouvelle épouse. Son air soucieux n'était pas l'air qui convient à un homme heureux, dans les premiers jours de la lune de miel. Il paraissait embarrassé et préoccupé.

Sa jeune femme évitait de le regarder. Depuis qu'ils s'étaient arrêtés à Châteauroux pour y prendre leur tante, Mme Joseph Pontier, qui les accompagnait jusqu'au Glandier, Mme Lafarge avait laissé la parole à cette personne autoritaire. L'imposante dame s'était fort intéressée d'abord à la nièce de Paris. Tous ceux qui connaissaient Charles Lafarge glosaient sur son mariage, contracté loin de son pays, bâclé en une semaine. Certes, la seconde femme ne ressemblait pas à la précédente, cette pauvre Félicie Coinchon-Beaufort, morte dans la première année de ses noces. Marie était d'une autre sorte. Fille du colonel Cappelle, petite-fille du riche Collard, nièce de M. Garat, régent de la Banque de France, et de M. de Martens, diplomate prussien, elle fréquentait la bonne société ; elle jouait du forte-piano, et elle aurait pu écrire des vers ou des romans, si ce talent avait été compatible avec les devoirs d'une honnête épouse. Et Mme Pontier se rappelait que Marie Cappelle avait défendu contre elle, dans une controverse animée, le talent de Mme Sand.

Mme Pontier s'était récriée :

« Je vous assure, ma nièce, oui, je vous assure qu'on ne recevrait dans aucun salon de La Châtre, cette créature qui écrit comme une cuisinière et pense comme une poissarde. Les femmes respectables ne connaissent même pas son nom, et j'ai failli me brouiller avec un sous-préfet qui avait voulu perdre M. Pontier, en lui prêtant une œuvre infâme appelée Lélia. »

Marie Cappelle avait répliqué vivement qu'elle admirait Lélia, et surtout Indiana, ce poème de la femme incomprise. Elle avait comparé le style de Mme Sand à « un diamant caché dans les feuilles d'une rose ». Elle avait fait l'éloge d'Alexandre Dumas, qu'elle avait beaucoup connu, dans son enfance, à Villers-Hellon. Est-ce que ces idées subversives et révolutionnaires en littérature, n'indiquaient pas, dans une personne de vingt-trois ans, un penchant à la révolte contre la morale établie, une espèce de perversité ?... Charles Lafarge ne mènerait pas Marie Cappelle comme il avait mené Félicie Coinchon. Celle-là était une âme simple. Elle admirait son mari, qui n'avait pourtant rien d'admirable, et l'on prétendait qu'elle avait expiré, la pauvre, en disant :

« Tout pour Charles ! »

Tout pour Charles ! Ce n'était pas l'avis du papa Coinchon, qui était en procès avec son ex-gendre et racontait que le maître de forges avait des crises de nerfs, peut-être même des crises d'épilepsie... Est-ce que Marie Cappelle savait exactement ce qu'étaient Charles et la belle-mère – bien bornée, cette bonne Adélaïde ! – et la belle-sœur Aména, et le beau-frère Léon Buffière ?

À Châteauroux, Marie n'avait pas répondu aux avances de sa tante, qui sollicitait des confidences et qui offrait des conseils. Mme Joseph Pontier savait comment on dresse un mari. Elle avait fait du sien – receveur des finances à La Châtre – le modèle des bons serviteurs et la meilleure des cameristes. M. Pontier coiffait divinement, laçait à ravir, pouvait draper les plis d'un châle, nouer des rubans, repasser des collerettes. Marie Cappelle avait failli éclater de rire, elle si triste et si maussade, lorsqu'elle avait surpris le digne fonctionnaire occupé à tortiller les papillotes de sa femme. « Mais il n'y avait pas de quoi rire, pensait Mme Pontier en se souvenant de ce rire frais et clair. Les hommes sont tous des égoïstes, M. Pontier comme les autres. Heureusement qu'il y a les chiens ! »

Elle prit dans ses bras sa levrette Zéphirine et lui adressa un tendre discours mêlé d'onomatopées. Mme Charles ne broncha pas. Elle ne devait pas aimer beaucoup les animaux. Sans doute manquait-elle de cœur.

Mais pourquoi donc Charles Lafarge était-il allé se marier à Paris, presque clandestinement, au lieu d'épouser une demoiselle du pays et de faire une belle noce, une noce à grands repas, à grands fracas, une vraie noce limousine ?

Le chemin descendait plus roidement. Sur le siège, à côté du postillon, la femme de chambre de Marie Cappelle, cette Clémentine qu'elle appelait familièrement « Clé », sa compagne d'enfance, presque son amie, tremblait de peur. On distinguait à peine les troncs crevassés, les branches tordues des énormes châtaigniers, et les parois des rochers à pic. Aucun signe de vie ne paraissait en cette solitude silencieuse. Et partout régnait cette étrange odeur d'eau, de terre humide, de feuilles fermentantes, de bruyères et de champignons qui pénétrait les sens et l'âme de mélancolie.

La tante Pontier se demandait : « Pourquoi Charles s'est-il marié ? » et Marie Cappelle se posait la même question. En descendant au secret de sa conscience, elle aurait pu se demander aussi : « Pourquoi me suis-je mariée ? » Mais un instinct défensif l'empêchait de regarder profondément en elle-même. Elle était de ces femmes si nombreuses, qui ne connaissent leur vie et leur âme qu'à travers une perpétuelle et complaisante interprétation. La vérité crue leur fait peur.

Dans les moments où la forme future d'une existence se décide et se révèle, tout près d'un seuil qu'on va franchir et qu'on ne repassera plus, les images du passé se lèvent pour un adieu. À quelques minutes de son arrivée au château du Glandier, la jeune femme accueillait ces images.

Elle se revoyait enfant, à Villers-Hellon, chez son grand-père Collard, magnifique vieil homme, sorti du peuple, qui avait fait fortune comme fournisseur des armées sous le Directoire, et qui était le protégé, presque l'ami, du prince de Talleyrand. À côté de lui, belle jusque dans la vieillesse, sa femme, que la vie de campagne ennuyait, se divertissait avec des oiseaux rares, des fleurs et des rubans. C'était une brune nonchalante, soi-disant fille du colonel anglais Campton, et que Mme de Genlis avait recueillie autrefois, pour l'élever, comme son autre fille adoptive, Paméla, avec les enfants du duc d'Orléans. Telle était la version officielle de cette histoire. Il y en avait une autre, moins édifiante : Hermine Campton aurait été, ainsi que Paméla, le fruit charmant d'amours adultérines, la propre fille de Philippe-Égalité et de Mme de Genlis. D'où la fraternelle affection que Mme de Valence – fille légitime de la gouvernante – témoigna toujours à sa demi-sœur ; d'où les faveurs singulières que prodiguèrent tous les Orléans aux Collard et aux descendants des Collard. Quand le futur Louis-Philippe et Mme Adélaïde venaient passer une journée à Villers-Hellon, ils étaient en famille.

Marie Cappelle sait qu'un peu de sang princier coule dans ses veines. Si elle a le génie de l'intrigue et de la séduction, n'est-ce pas un héritage de sa bisaïeule Genlis ? Ces origines – encore ignorées de Lafarge et que la moindre prudence interdit d'avouer – expliquent l'heureux destin des enfants d'Hermine Collard. Ses trois filles ont épousé, l'une, le capitaine Cappelle, l'autre, M. de Martens, diplomate prussien, la dernière, M. Garat. Son fils, Maurice, filleul de Pauline Borghèse et de Talleyrand, s'est allié à la très noble maison de Montaigu. Tous fréquentent la société aristocratique. Ils sont reçus amicalement chez les Montesquiou, les Nicolaï, les Macdonald, les Gérard.

Et cependant Marie Cappelle a épousé Charles Lafarge, qui n'est pas de son monde, qui n'est pas beau, qui n'est même pas très riche... Pourquoi ?

*   *   *

Elle espérait mieux de la vie, la petite Marie Cappelle, lorsqu'elle courait sous les beaux ombrages de Villers-Hellon avec sa sœur Antonine ; lorsque, dans les garnisons de Douai, de Saverne, de Strasbourg, où commandait le colonel Cappelle, les officiers la traitaient en princesse ; lorsque sa tante Garat l'emmenait chez M. Cuvier ou chez Mlle Mars ; lorsqu'elle jouait aux Tuileries avec le jeune duc de Nemours. À dix ans, elle est une enfant chétive et spirituelle, terriblement indépendante. Pour la discipliner, on la met à Saint-Denis, et il lui faut revêtir – avec quel désespoir ! – la robe noire d'uniforme, le bonnet, les gros bas, les gros souliers. Cette épreuve ne dure pas longtemps. Marie tombe malade. Ses parents la reprennent. Elle retrouve Villers-Hellon, la liberté, les bois, le bon M. Elmore qui lui apprend à monter une jolie jument grise ; M. de Montrond, ce vieil ami de Collard, qui fuit des créanciers intraitables et parle beaucoup de Mme Roland, de Mme de Genlis, de Mme Tallien, de Mme de Staël. Marie étudie peu et mal et cependant son intelligence se développe. Elle fait sa première communion. Et tout à coup, c'est une grande douleur : la mort du colonel Cappelle. Une autre douleur : le remariage de la veuve avec Eugène de Coëhorn. Le foyer ainsi reconstruit garde des traces du choc qui l'a brisé. La fillette assiste, moins triste que troublée, au nouveau bonheur de sa mère. Eugène de Coëhorn n'est pas du tout un second père : c'est un frère aîné pour les enfants de sa femme, qui finissent par l'aimer. Bientôt, Marie connaît le plaisir d'étudier et, au-delà, le plaisir de rêver. Tout un long été, elle se nourrit, s'abreuve, s'enivre de littérature. Elle a découvert Walter Scott ! Un peuple invisible l'entoure. Des amis imaginaires, plus vivants que les êtres réels, se mêlent à sa vie d'adolescente : Fergus, le Maître de Ravenswood, Caleb, Mac Yvor, Quentin Durward, et surtout Diana Vernon. Cette fée des bruyères, cette chasseresse d'Écosse, blanche et vierge comme la déesse des bois dont elle porte le nom, devient le modèle idéal de Marie Cappelle. Et Marie Cappelle n'est pas bien sûre de n'être pas elle-même Diana Vernon, quand elle chevauche dans les forêts de Picardie enflammées d'or par l'automne.

Elle danse aux Tuileries. Elle écoute, à l'Opéra, Nourrit et Mme Damoreau chanter *Robert le Diable*. Elle est une de ces jeunes filles qui se tiennent modestement, les yeux baissés, vêtues de tarlatane blanche, couronnées de fleurs sur leurs bandeaux plats, à côté de dames enturbannées. Elle sait qu'elle ne doit pas entendre, encore moins comprendre les conversations des hommes et des femmes ; que la polka lui est permise et la valse défendue ; que les mots d'amour sont innocents quand on les chante, coupables quand on les prononce. Secrètement, elle est irréfléchie, avide, révoltée contre l'opinion du monde : « préférant un précipice à une ornière », entêtée, volontaire, orgueilleuse, avec un penchant à la moquerie, plus sincère sans doute que la sensibilité dont elle se targue. Elle a le goût du danger. Elle le cherche. Elle le crée. À cheval, elle saute les haies, franchit les ruisseaux pour le seul plaisir, dit-elle, « de protester contre l'obstacle ». L'amour du beau est plus vif en elle que l'amour du bien. Elle accepte qu'on la trouve laide, et ne consent pas qu'on la trouve sotte. Mais, si elle n'est pas sotte, elle n'est pas laide non plus, ou bien c'est une jolie laide. Elle a l'élégante maigreur de la jeunesse, de beaux cheveux noirs, de beaux yeux noirs, et ce son de voix qui touche le cœur. Son imagination est en elle comme une fièvre douloureuse et délicieuse. Elle déforme la réalité pour l'embellir. Elle joue un rôle, qu'elle change à son gré, et finit par ne plus le distinguer de la vie. Ses tantes ne comprennent pas sa nervosité, ses larmes subites, ses appétits dépravés pour des nourritures nuisibles, ses mensonges. Qui connaîtra jamais Marie Cappelle ? Elle-même ne se connaît pas.

Un malheur nouveau la frappe. Elle perd sa mère. Son grand-père est trop vieux pour qu'elle vive près de lui, et la voici donc, ballottée de foyer en foyer, des Martens aux Garat, des Montbreton aux Nicolaï. Eugène de Coëhorn s'est remarié. Antonine est mise en pension par les soins de Mademoiselle, sœur de Louis-Philippe. La fortune des orphelines est bien diminuée. Alors, les tantes songent à marier leur grande nièce, autant par affection pour elle que pour se décharger d'une responsabilité qui les inquiète.

Se marier ? Mlle Cappelle le désire. Elle attend celui qu'elle aimera, l'être unique composé avec des réminiscences de lectures et d'opéras, un peu moins qu'un ange, beaucoup plus qu'un homme. Il n'a pas de nom. Il s'appelle simplement : Lui.

Mme de Martens rit de cette extravagance. Elle affirme que le mari, l'ordinaire mari dont une fille raisonnable doit se contenter, n'a rien de sublime. Marie, néanmoins, persiste à l'espérer, Lui, son idéal.

Un jeune homme la demande en mariage. Il est jeune et beau. Il chante à merveille. Il peut plaire. Pourquoi donc s'est-il avisé de dire ses sentiments à Mme de Martens avant de les dire à Marie ? Il a pris le roman par la fin, et son affection est si correcte qu'il est impossible de la poétiser. Et puis toute sa fortune consiste en une place de quatre à cinq mille francs ! Mlle Cappelle refuse net ce mari pour fille pauvre, et l'on s'aperçoit que la rêveuse sait compter.

Un peu plus tard, elle a une passionnette pour un certain Arthur qui ne se soucie pas d'elle. Elle commence à sentir qu'il n'est pas facile à une jeune personne sans grande naissance, sans grande fortune, redoutablement spirituelle et faisant profession d'indépendance, de se marier dans le monde aristocratique où elle vit. N'ayant pas d'amour, elle s'intéresse aux amours des autres. Elle a une amie de son âge, Marie de Nicolaï, très gâtée par ses parents, et qui passe pour « inconséquente ». Son « inconséquence » est bien innocente, car Mlle de Nicolaï, romanesque comme toutes les filles de son temps, est surveillée par une duègne, Mlle Delvaux. Mais les duègnes sont faites pour être trompées. Mlle Delvaux a beau se méfier de Marie Cappelle, elle ne saura pas que les deux amies jouent à ses dépens une comédie qui commence à la manière d'Alfred de Musset... À quoi rêvent ces jeunes filles ? Elles rêvent, les deux Marie, à un beau ténébreux qui les suit aux Champs-Élysées, à Saint-Philippe-du-Roule. Il a l'œil noir, le cheveu frisé, la tournure « d'un *moissonneur de Léopold Robert* ». Il est distingué, original et mélancolique. C'est un héros de roman. Il aime Marie de Nicolaï. Est-ce un noble seigneur exilé ? Non. Marie Cappelle, fine mouche, parvient à connaître le nom et l'état du personnage. Il s'appelle Félix Clavé. Il est d'origine espagnole et il écrit des vers sous le pseudonyme d'« E. C. de Villanova ». Son père, ancien professeur au collège de Tarbes, tient un pensionnat de jeunes gens. Il habite, 20, Faubourg du Roule, une maison blanche ornée d'une enseigne noire où l'on peut lire, en lettres d'un jaune éclatant :

INSTITUTION CLAVÉ

Vraiment, Mlle de Nicolaï ne peut songer à devenir Mme Clavé et elle n'y songe pas, mais il ne lui déplaît point d'être aimée en secret. Marie Cappelle, qui a pris sur l'autre Marie un ascendant extraordinaire, s'amuse à tresser les fils d'une intrigue. Elle propose de « mystifier » le beau Félix et de lui envoyer une lettre en ces termes : « *Pour la santé, une promenade aux Champs-Élysées. Pour le salut, une station à Saint-Philippe-du-Roule à l'heure des offices.* » Pas de signature. L'amoureux comprendra-t-il ? Il comprend fort bien, et il obéit, en bon chevalier, aux ordres de sa dame. Marie Cappelle est leur confidente. C'est elle qui écrit à Félix ; c'est elle qui lui donne des rendez-vous au jardin de Monceau, propriété particulière de la famille royale où la petite-fille d'Hermine Collard a ses entrées. Enfin, un soir de mai, à Tivoli, dans un bal de charité, Clavé, prévenu par Marie Cappelle, rencontre Mlle de Nicolaï. Il danse avec elle une contre-danse et lui parle pour la première fois de sa vie, et pour la dernière fois. Bientôt, par un étrange revirement, Marie Cappelle déclare à Marie de Nicolaï qu'elle ne veut pas être seule à se compromettre, et que toutes deux doivent supporter également la responsabilité de leur imprudence. La faible Marie de Nicolaï se laisse convaincre. Elle écrit quelques lignes qui sont des excuses, des regrets, un adieu.

Excuses et regrets d'avoir joué, par enfantillage, avec le cœur d'un honnête homme, adieu définitif. La comédie est terminée. Marie Cappelle la reprend pour son compte. Elle continue de voir Félix Clavé, de lui écrire, de recevoir ses lettres, d'encourager ses espérances et aussi d'entretenir une obscure inquiétude dans l'esprit de Marie de Nicolaï. Elle l'avertit que Félix pense à se suicider ; qu'il la poursuivra jusqu'à Busagny, où les Nicolaï ont leur château, et la jeune fille, perdant la tête, se confie à sa gouvernante. Mlle Delvaux intervient alors dans l'aventure. Elle avertit la tante Garat et fait réclamer à Marie Cappelle toutes les lettres où son amie, trop confiante, lui parlait, par badinage, de M. Clavé. Marie Cappelle se fait prier. Elle cède pourtant, et rend les lettres… Pas toutes.

Colère de la tante Garat. Elle reproche violemment à Marie son goût malsain du mensonge, son art de flatter les gens, de les étourdir, de les duper, et de se dérober aux suites de ses petites machinations. Elle lui interdit de revoir Marie de Nicolaï, de revoir Félix Clavé. Or, le 10 octobre 1836, Félix a quitté la France. Il est allé s'établir en Algérie, d'où il écrira encore, tristement, à sa chère confidente.

A-t-elle souffert de ce départ ? Qu'était-il pour Marie Cappelle, cet homme épris d'une autre femme, et qui donnait à l'amitié les restes de son cœur ? Était-elle sincère en favorisant son espoir d'épouser une fille noble et riche ? Le succès de Clavé eût entraîné la déchéance mondaine de Marie de Nicolaï. Cette déchéance, Marie Cappelle l'avait entrevue sans déplaisir. Combien elle se sentait supérieure à son amie par l'intelligence, la culture, la grâce, l'énergie ! Clavé n'avait donc pas bien regardé Marie Cappelle ? Il n'avait donc rien vu, rien compris de qui pouvait changer ses sentiments, orienter sa destinée ?

Dépit, chagrin, rancune, tout passe. Marie Cappelle oublie Félix Clavé, dès qu'à Villers-Hellon elle a rencontré le comte Charles Charpentier, un mauvais sujet, « *un croque-mitaine de jeunes filles* ». Petit, joli, spirituel, un peu cynique, il monte très bien à cheval et, dans son château, près de Compiègne, il cache une maîtresse mystérieuse. Marie se demande :

« *Est-ce Lui, cette fois, est-ce bien Lui ?* »

Il faut croire que Charles Charpentier n'est pas Lui, puisqu'il s'emploie à marier la brune Marie à son ami Félix de Violaine. Félix épousera une Cappelle, mais non point celle-là. C'est la blonde Antonine qui deviendra sa femme et qu'il emmènera vivre à Dourdan, où il « conserve » la forêt domaniale. Marie donne un regret au séduisant croque-mitaine, et son imagination se réveille, avoue-t-elle, « plus exigeante encore que par le passé ». Certain jour qu'elle promène aux Tuileries sa petite cousine Gabrielle Garat, un jeune homme la suit, comme M. Clavé suivit naguère l'ingrate Nicolaï. Il est grand, élancé, pâle, et sans doute poitrinaire. Il a des yeux expressifs, des bottes vernies, des gants jaunes. Il sourit, il se tait. Marie Cappelle se souvient d'un roman de l'abbé Sicard où le héros, Anatole, aime de loin une femme inaccessible, l'entoure d'un passionné dévouement, et même lui sauve la vie, mais sans lui dire un mot, et pour cause : il est sourd et muet. La femme aimée l'épouse enfin, après avoir appris le langage des signes. Instruite par ce chef-d'œuvre, Marie se persuade que l'homme à l'œil fatal est un second Anatole, et dans ses gestes, elle épie les symptômes de son infirmité. Un hasard qui n'est peut-être pas un vrai hasard, les conduit tous deux chez un fleuriste. L'inconnu offre des roses à la jeune fille, et il lui prouve qu'il entend fort bien, qu'il parle mieux encore, et qu'il écrit aussi bien qu'il parle, puisqu'il y a une lettre – une déclaration d'amour – dans le bouquet. Marie se sent renaître. Elle se regarde au miroir et se trouve embellie depuis qu'elle est adorée. Elle ne dort plus. Elle danse de joie quand elle est seule. Comme elle écrivait à M. Clavé, elle écrit à son inconnu. Elle chante pour lui quand il passe sous sa fenêtre. Le roman dure jusqu'au moment où la tante Garat découvre cette nouvelle aventure. Scène de larmes ; gronderie ; conseil de famille. Marie comparaît devant les ancêtres. On lui dit :

« Tu aimes ce monsieur. Tu veux l'épouser ? Épouse-le donc. Nous avons pris des renseignements. Il est garçon apothicaire, fils de M. Guyot, droguiste à Montmédy, et il a six cents francs de rente. Il t'offre sa main, son cœur, son nom, sa rhubarbe et son séné… »

Écroulement ! Marie eût bien épousé un paysan, un proscrit, un bandit, mais pas un droguiste. D'ailleurs, le droguiste, ayant appris qu'elle n'est par la fille et l'héritière de M. Garat, a senti son grand amour se glacer.

Alors, Marie se retire à Villers-Hellon, triste et malade. Charles Charpentier lui apporte des livres, cause avec elle longuement, et va jusqu'aux confidences. Il avoue une maîtresse, femme mariée qui a tout quitté pour le suivre, « pauvre créature déchue » et redoutable crampon. Ah ! que la pure Marie le convertisse et le régénère !… Émouvant sauvetage ! Marie Cappelle ne s'ennuie plus. Elle n'est plus malade. Elle apprend sans dépit que Marie de Nicolaï épouse le vicomte de Léautaud. Vers la fin d'octobre 1838,

M. Charpentier l'invite à l'inauguration d'une ligne de chemin de fer. Elle sera la reine de la fête. Charles l'emportera, la première, sur son premier wagon, « ce Pégase des esprits positifs ». Et voici qu'il prononce des paroles énigmatiques. Il compare son amie à Diana Vernon. Il la loue de braver les préjugés et les médisances. Mais, quand le bon grand-père Collard vient de mourir et que Marie, dans le deuil et la douleur demande à son ami :

« Voulez-vous me protéger ? Suis-je la femme que vous avez choisie ? »

Charpentier se dérobe, alléguant son peu de fortune, et qu'il ne veut pas associer une jeune vie à des regrets et à des déceptions.

Marie, après l'année de deuil, reprend la vie mondaine avec fureur. Elle revoit Marie de Nicolaï, devenue Marie de Léautaud. Ensemble, elles parleront encore de M. Clavé. Mme de Léautaud a cru reconnaître son amoureux dans un figurant de l'Opéra, idée bizarre, puisque M. Clavé est en Algérie ! Mais la jeune comtesse s'entête à le retrouver dans la ridicule position d'un choriste !… En même temps qu'elle s'inquiète de cet ancien soupirant, elle songe à s'attacher Marie Cappelle, et peut-être à payer son silence. Elle lui propose un parti.

« Vos vingt-trois ans approchent, lui dit-elle. Vous êtes sans fortune. Vous n'avez pas de santé. Votre gastrite ne vous embellit pas. Bientôt vous serez une vieille fille ennuyée autant qu'ennuyeuse. Mariez-vous. »

Marie Cappelle accepte ces pénibles vérités. Puisqu'*Il* ne s'est pas révélé sous les masques divers d'Arthur, de Clavé, de Guyot et du comte Charpentier, c'est sans doute qu'*Il* n'existe pas, ou qu'*Il* existe dans une autre planète. Déçue par l'amour, la romanesque renonce à vivre un roman. Elle fera un mariage de convenances, pourvu que le prétendant ait une figure sortable, un caractère solide, de la fortune et une « position ». Car la sentimentale est une ambitieuse.

Mme de Léautaud se réjouit d'avoir une amie si raisonnable, et elle lui présente son candidat, M. Delvaux, le propre frère de la gouvernante.

Il a été invité à Busagny tout exprès pour rencontrer Marie Cappelle. C'est un sous-préfet de trente-huit ans, ni beau, ni aimable, ni spirituel, et sans autre fortune que sa place. Il est affligé d'une sœur que Marie ne peut souffrir. Cependant, l'orgueilleuse fille, enragée de son célibat, n'a pas le courage de refuser ce parti médiocre... qui lui manque, au dernier moment, comme tous les autres lui ont manqué.

C'est vers ce temps que M. de Léautaud, mari jaloux d'une femme qui fut une fille imprudente, – mais bien moins imprudente que Marie Cappelle – s'aperçoit que les diamants de la vicomtesse ont disparu. Il soupçonne tout le monde, fait venir les gendarmes, exige une perquisition et ne trouve rien. L'atmosphère du château devient orageuse. Marie Cappelle est enchantée de s'en aller à Corcy, chez la sœur de Marie de Léautaud, Mme de Montbreton, une aimable extravagante qui joue la comédie de salon et qui croit au magnétisme.

Les bonnes tantes s'inquiètent de plus en plus. Elle a vingt-trois ans et demi, leur grande nièce, et il faut la marier coûte que coûte, la marier très vite. L'âge des folies est passé. Marie sera trop contente de montrer à ses amies – et surtout à Mme de Léautaud – qu'elle n'a pas eu besoin d'elles pour s'établir. Car il ne s'agit plus d'aimer : il s'agit de s'établir. M. de Martens décide d'en finir. Il rappelle à Paris sa nièce, qui danse des ballets styriens et se prête à des expériences de magnétisme chez Mme de Montbreton. Il a un mari tout prêt pour elle, un industriel limousin, M. Pouch-Lafarge, qui cherche femme.

Où l'a-t-il déniché ? Marie préfère ne pas le savoir. Elle a soupçonné l'intervention d'une agence matrimoniale. Ce maître de forges n'est pas du même monde que les Martens et les Cappelle. C'est un provincial mal décrassé, de la figure la plus ingrate. Hélas ! Marie se rappelle la fable du héron. Elle entend l'éloge du prétendant ressassé par les Martens. Elle lit les lettres des « répondants » de Lafarge : l'abbé Boutin, curé d'Uzerche ; M. Gauthier, député de Brive ; M. de Chauffailles ; l'avocat Chauveron. Tous vantent les qualités sérieuses de Lafarge, l'honorabilité de sa famille, la solidité de sa fortune. Et Marie laisse son imagination, complice de ses désirs, « romancer » l'affaire la moins romanesque du monde. Elle voit en ce mari possible ce qu'elle veut y voir : un diamant brut à polir, un petit industriel qui deviendra, sous son influence, un grand homme d'affaires, un savant, peut-être un homme politique. Et elle voit aussi l'amoureux, car – pour s'expliquer à elle-même son consentement à un tel mariage – elle veut absolument que Lafarge, dès la première entrevue, soit devenu fou d'amour. Sans doute, s'exagère-t-elle la passion du Corrézien, mais le charme de Mlle Cappelle a ému cet homme pratique. Il essaie de plaire, gauchement. Il décrit le beau pays qu'il habite et l'heureuse vie que sa femme mènera dans le délicieux Glandier. Il montre le plan colorié de cette demeure : d'un côté de la rivière, l'usine où l'on transforme le fer ; de l'autre côté, le château, coiffé d'ardoises bleues, entouré de blanches terrasses et de jardins à la française. On y accède par une avenue de peupliers. Sur d'immenses pelouses, s'élèvent les ruines gothiques d'une chartreuse. Le caractère romantique de ce site, les ruines surtout, séduisent la lectrice passionnée de Walter Scott. Avec un intérêt toujours accru, Marie Cappelle écoute Charles Lafarge lui dépeindre le salon aux meubles de velours rouge, la salle à manger qui ouvre sur les terrasses, les écuries qui abritent de vigoureux chevaux de trait et une élégante jument noire. Trois domestiques mâles assurent le service. La jeune Mme Lafarge pourra emmener une femme de chambre de son choix. On installera un cabinet de bains dans son appartement. Elle aura un forte-piano, un briska pour le voyage et cinquante louis dans sa corbeille de noces. Enfin, elle trouvera au Glandier une belle-mère qui sera une vraie mère pour elle, une belle-sœur et un beau-frère qui la chériront. Ces tableaux, ces discours, ces promesses, l'idée de vivre en châtelaine, de régner sur un petit royaume rustique, de recevoir les gens de la bonne société corrézienne, de donner des dîners et des bals de chasse, comme Mme de Montbreton à Corcy, comme Marie de Léautaud à Busagny, flattent Marie Cappelle. Elle a vu M. Lafarge, un mercredi. Les bans sont publiés le dimanche et le samedi suivant, 10 août, le contrat est signé, le mariage civil est conclu. Mais Lafarge est impatient. Avant même la bénédiction nuptiale, il entre brusquement dans la chambre de sa femme, prend Marie par la taille et l'embrasse de force… Elle se débat, s'enfuit et pleure. Il sollicite un pardon qu'on lui accorde à contrecœur. La caresse imposée a révolté la jeune femme. Une répulsion qui va jusqu'à la nausée la secoue lorsqu'elle songe à cette bouche affamée, à ces mains brutales, et quand, au retour de l'église, elle dépouille la robe blanche et le voile virginal, elle est saisie d'une frayeur épouvantable. Il faut décommander les chevaux, remettre le départ au lendemain.

Ah ! ce voyage ! ce terrible voyage !

On est parti de grand matin. Clémentine est sur le siège du cocher. Madame est assise auprès de Monsieur, qui dort et qui ronfle. Et Madame se met à rêver, tandis que le briska roule sur la route d'Orléans. L'incorrigible romanesque tâche de se tromper elle-même pour se rassurer. Elle invente un Lafarge sentimental et une lente conquête amoureuse : un premier baiser sur le front, un second, un troisième qu'elle rendra peut-être ; puis un bras qui soutiendra sa taille ; une voix qui dira : « Je vous aime », et, plus tard, sous les premières étoiles de la nuit, murmurera : « Mon ange, m'aimes-tu ? »

À ce moment, un cahot réveille le Lafarge réel. Il étend les bras, bâille d'un bâillement sonore et prolongé, se tourne vers sa femme, lui plante deux gros baisers sur les deux joues et s'écrie :

« Allons ! ma petite femme, déjeunons ! »

Jamais Roméo n'eût ainsi parlé à Juliette, au début d'un voyage nuptial. Il n'eût pas, comme Charles Lafarge, saisi à pleines mains un poulet froid. Il ne l'eût pas déchiré en deux, d'un coup sec, pour en offrir la moitié à sa bien-aimée. Et même sans être un Roméo, aucun homme bien élevé n'eût dégoûté une femme par ces façons de paysan. Marie Cappelle en perd l'appétit, mais Charles mange pour deux. Il a les doigts, le menton et les lèvres luisants de graisse. Pour se rafraîchir, il boit, à même le goulot, tout le vin d'une bouteille. L'odeur de la mangeaille écœure Marie. Elle va remplacer Clémentine sur le siège du cocher, et c'est dans l'après-midi seulement qu'elle se rassied à côté de Lafarge.

Deux époux de vingt-quatre heures, qui ne se connaissaient pas quinze jours plus tôt, devraient avoir mille choses à se dire. Marie voudrait causer amicalement avec son compagnon, lui révéler ses idées et ses goûts, l'interroger sur les siens. Peine perdue : ni la littérature, ni les arts, ni la vie de société n'intéressent le maître de forges. L'entretien languit. Enfin, dans un lourd silence, Lafarge tire de sa poche un portefeuille et se met à faire des comptes jusqu'à cinq heures, où l'on arrive à la première étape : Orléans.

Le soleil, la fatigue et la peur ont donné à Marie Cappelle une migraine violente. À l'hôtel, elle demande un bain.

À peine est-elle dans l'eau, que Lafarge frappe à la porte.

— Madame est au bain, dit Clémentine.

— Je le sais. Ouvrez-moi.

— Mais, Monsieur, la baignoire est découverte. Madame ne peut vous recevoir.

— Madame est ma femme. Que le diable emporte les cérémonies !

Marie intervient :

— Je vous en prie ! Attendez un instant. Dans un quart d'heure je serai habillée.

Elle est blessée dans sa pudeur, honteuse à l'idée que les gens de l'hôtel entendent cette scène. Le mari s'entête. Il crie plus fort.

— C'est précisément parce que vous n'êtes pas habillée que je veux entrer. Me prenez-vous pour un imbécile ? Croyez-vous que je me laisserai jouer plus longtemps par une bégueule de Parisienne ?

Marie a peur, nue dans la baignoire, et voyant la porte s'ébranler sous la poussée de l'homme affolé de désir.

— Monsieur, supplie Clémentine, Monsieur, soyez donc galant pour le premier jour !

— Marie, je t'ordonne d'ouvrir la porte ou je vais l'enfoncer, en-tends-tu ?

— Vous êtes le maître d'enfoncer la porte, mais je ne l'ouvrirai pas.

Un tonnerre de jurons éclate, puis des pas s'éloignent. Lafarge est parti. Les deux femmes, épouvantées, se regardent. Quel mari ! Quel début dans l'intimité conjugale !… Marie Cappelle se met à pleurer.

Clémentine est allée toute seule affronter le furieux.

— Madame est souffrante ; vous la tuerez avec des scènes de ce genre.

Lafarge finit par céder. Il grommelle :

— Bon pour cette fois, mais, arrivés au Glandier, je saurai bien la mettre à la raison.

Et, quand il revoit sa femme au moment de repartir, il demande : « Est-ce que c'est fini, ces singeries ? »

Le lendemain, à Châteauroux, ils trouvent les Pontier, et la tante Philippine profite de leur voiture pour se rendre, avec eux, en

Limousin. Si prétentieuse que soit cette dame, Marie préfère l'avoir en tiers pour le dernier jour et la dernière nuit du voyage.

Mais le voyage s'achève, hélas !

Chapitre II

Lafarge montra des bâtiments noirâtres dans le brouillard.

« L'usine… Le haut fourneau… »

La voiture tourna dans une allée de peupliers et s'arrêta. Un groupe d'hommes s'avançaient en cérémonie. C'étaient les membres du conseil municipal de Beyssac qui venaient saluer M. le maire, et le complimenter sur son mariage. Mme Pontier s'extrayait déjà, de dessous la capote. Marie la suivit comme en rêve. Elle fut saisie, embrassée, questionnée, entraînée par une vieille dame très laide, qui était Adélaïde Lafarge, sa belle-mère, et une jeune dame blonde qui était Aména Buffière, sa belle-sœur. Presque sans forces, elle se laissa conduire.

Le chemin était noir de boue. Les quatre femmes montèrent un escalier gluant. Des gouttes de pluie tombaient d'un toit délabré. Par quelle entrée de service faisait-on passer la jeune châtelaine ? Où était la grande porte sur la terrasse, et où était la terrasse même qui dominait de ses blancs balustres les jardins étagés ? À l'étape d'Uzerche, à l'étape de Vigeois, Marie avait constaté l'inconfort des maisons limousines et l'incurie des propriétaires, mais le château du Glandier, elle le connaissait d'après l'aquarelle que Lafarge lui avait présentée, et elle savait bien que c'était une charmante demeure. Cette partie devait être la plus ancienne, la plus ruinée, quelque chose d'analogue aux « communs ». Elle n'eut pas le temps de poser une question. Assourdie par les paroles dont on l'accablait, étouffée d'embrassades et toujours dans le demi-étourdissement où elle croyait sentir encore le mouvement de la voiture, elle se trouva dans une vaste pièce à deux fenêtres, tapissée d'un vilain papier jaune et décorée de rideaux en calicot rouge. Une chambre à coucher, sans doute, puisqu'il y avait une alcôve. Mme Buffière, qui était extraordinairement agitée, vive et bavarde, en fit les honneurs à la nouvelle venus.

« Voici le salon de compagnie. »

Avec ce regard féminin qui, même aux instants les plus tragiques, saisit et enregistre dans la mémoire visuelle les détails de costume ou d'ameublement que les hommes ne remarquent point, Marie Cappelle considéra la pièce au nom pompeux où elle s'était assise, hébétée. C'est cela qu'on appelait un salon, le grand « salon de compagnie » du château ! Le parquet, rugueux et fendillé, semblait n'avoir jamais été ciré. Quelques chaises de paille, deux fauteuils en velours d'Utrecht rouge étaient rangés le long des murs. Il n'y avait pas d'autres meubles qu'une commode en noyer et une table. Sur la cheminée en boiserie, haute et peu saillante, étaient alignés cinq grosses oranges artificielles, deux chandeliers garnis de chandelles neuves et une lampe-veilleuse en porcelaine. Des cadres misérables, de vulgaires imageries en papier peint, étaient les « objets d'art » offerts à l'admiration des visiteurs.

Dans cette pièce triste, mal éclairée par le jour brouillé, imprégnée d'une odeur de moisi, la vieille Adélaïde Lafarge était bien chez elle, avec sa figure de buis, son bonnet, son châle de veuve. C'était un type de femme que Marie Cappelle n'avait jamais rencontré encore : la bourgeoise de la petite province, réduite et racornie par cette longue servitude ménagère qui devient, avec l'âge, une souveraineté ; figure presque ridicule et cependant marquée d'une certaine dignité naïve, incompréhensible à une Parisienne. Dans ses mains ridées, qui savaient tenir l'aiguille et préparer les bons repas, la vieille femme avait pris les blanches et nerveuses mains de sa belle-fille, et elle contemplait Marie, tandis que le bavardage d'Aména bourdonnait autour d'elles comme un vol de mouches.

« Où est Charles ?… Que fait Charles ?… A-t-il vu Léon qui vient d'arriver à cheval, car on vient plus vite de Vigeois au Glandier avec un cheval qu'avec une voiture ?… Vous avez vu votre beau-frère, ma sœur ?… Et vous avez vu aussi notre oncle Pontier ?… Nous avons bien de la famille, et bien des amis, que vous connaîtrez quand vous ferez vos visites de noces… Pourquoi n'ôtez-vous pas votre chapeau ?… Avez-vous faim ?… Je suis sûre que vous avez besoin de « prendre »… Et votre servante que vous avez amenée, comme elle est élégante ! Vous devez la payer cher ?… Au moins quatre-vingt-dix francs par an !… J'espère que vous vous plairez ici et que vous ne regretterez pas la capitale… »

Lafarge entrait. Il alla vers sa femme.

— Elle est timide, dit Aména.

Charles voulut s'asseoir sur les genoux de Marie, qui le repoussa. Il se mit à rire :

— Oui, elle est timide. Elle ne veut me câliner que dans le tête-à-tête... Maman, tu ne saurais croire comme elle m'aime, cette petite cane !... Allons, ma biche ! avoue que tu m'aimes diablement !

Il serra la taille de Marie, qui se débattait, lui pinça le bout du nez et l'embrassa. Mais elle devint si pâle que la belle-mère et la belle-sœur s'en effrayèrent. On persuada Charles que ce n'était pas l'instant de faire le plaisantin, et Mme Léon Buffière, prenant le bras de Marie qui défaillait, l'emmena dans sa chambre.

Chapitre III

— Désirez-vous quelque chose, Marie ?

Mme Lafarge était tombée sur une chaise. Sans regarder la grosse petite femme blonde, elle répondit :

— Je voudrais un encrier.

— Vous l'aurez tout de suite.

Aména se retira.

— Ferme la porte au verrou, dit Mme Lafarge à Clémentine qui s'empressait autour d'elle.

Elle enleva son chapeau. Ses yeux noirs, secs et fiévreux, considérèrent la chambre que Lafarge lui avait dépeinte comme un nid d'amour. Le brouillard fondait sur les vitres nues, çà et là raccommodées par des carrés de papier. Bien qu'on fût à la mi-août, cette pièce, qu'assombrissait l'approche du crépuscule, était froide comme le salon et sentait aussi l'indéfinissable odeur du « renfermé ». Une alcôve en boiserie, flanquée de deux cabinets aux portes vitrées, contenait deux lits et il n'y avait pas d'autres meubles qu'une table et quatre chaises.

Une servante paysanne apporta l'encrier que Madame avait désiré. C'était un pot à confitures cassé, où nageait un morceau de coton dans une eau grisâtre. Par les soins d'Aména, sans doute, on y avait joint une vieille plume et du papier bleu de ciel.

L'atroce déconvenue de sa maîtresse, la laideur triste de cette chambre, le silence mortuaire du vallon épouvantaient Clémentine. Elle n'osa consoler Madame, qui était sans mouvement et sans pensée. Alors, elle s'offrit à la déshabiller. Pourquoi ne pas se coucher, dormir ? En dormant on oublie, on reprend des forces. Mme Lafarge se laissa persuader. Elle s'étendit sur un des lits et voulut que Clémentine s'étendît sur l'autre. Bientôt la pauvre fille s'endormit.

« Mon Dieu ! songeait Marie, que vais-je devenir ? »

Elle avait la sensation d'être tombée dans une fosse profonde et noire dont elle ne s'évaderait jamais, et elle mesurait, à cette heure, la folie qu'elle avait faite en se mariant. Cet industriel, mal élevé, mal tenu, qu'elle n'aimait pas, qui la dégoûtait avec sa grosse faconde et ses sales désirs, elle avait cru qu'elle pourrait au moins l'estimer, qu'il était un homme loyal !... Maintenant qu'elle était à lui, irrévocablement à lui, elle découvrait qu'il avait menti, qu'il n'avait pas cessé de mentir. Son château, c'était une masure ; ses jardins, un marécage ; ses meubles de velours et d'ébène, un misérable mobilier dépareillé. Et sans doute, tout ce qu'il avait annoncé de sa fortune, de son usine magnifique, de ses domestiques, de ses chevaux, de ses chasses, tout n'était que mensonges, duperie froidement combinée ou vantardise de provincial. Lafarge avait voulu la dot de Marie et la femme qu'il n'aurait jamais prise sans la dot. Il tenait l'une et l'autre. Il ne les lâcherait pas. Demain, ce soir, il recommencerait la scène d'Orléans. La jeune femme vit la laide figure congestionnée, le regard allumé, les mains hardies... Un sursaut d'horreur la fit se dresser sur le lit. L'indignation lui rendit soudain sa force nerveuse, la puissance rapide de sa volonté. Agir. Il fallait agir, et tout de suite. Il fallait quitter le Glandier... Par quels moyens ? Par n'importe quels moyens. Elle réfléchit. Recourir à sa famille ? Les tantes et les oncles en avaient assez de Marie Cappelle ! Ils ne se souciaient pas de la voir revenir, d'entrer, avec elle et pour elle, dans les embarras d'un procès en séparation. À ses justes plaintes, on répondrait :

« Tu étais majeure quand on t'a proposé M. Lafarge. Personne ne t'a contrainte à l'épouser. Il n'est pas beau ? Tu l'avais vu. Pas distingué ? Tu le savais. Il a exagéré sa fortune et la splendeur de ses propriétés ?... Mais, toi-même, lui as-tu raconté tes mariages manqués, les humiliations subies, les comédies jouées pour pêcher un épouseur ?... Tous les hommes à marier trompent les filles à marier, qui le leur rendent bien. Le vin est tiré. Bois-le, même s'il est aigre. C'est à toi de le rendre plus doux. Une femme adroite apprend vite l'art de dominer un mari. Tu dis que tu supporterais peut-être les jours s'il n'y avait pas les nuits ?... Eh bien, tu feras comme presque toutes les femmes. Tu te résigneras à un devoir répugnant en pensant à autre chose. L'habitude t'y aidera. D'ailleurs, la femme est faite pour souffrir. Si tu avais lu des ouvrages de dévotion au lieu de t'empoisonner l'esprit avec des romans, tu accepterais ton sort – qui n'est pas si terrible – pour l'amour de Dieu. »

Marie connaissait à l'avance ce discours. Et elle songeait que peut-être même ses tantes ne la croiraient pas. Dans la famille, on la disait insinuante, flatteuse et menteuse.

Elle rêva un instant à la façon de dénouer sa triste aventure, qu'elle voyait comme détachée d'elle, un roman, un vrai roman. Rien n'y manquait : la pure jeune femme livrée à un brutal, le « château » dans un vallon sauvage, la fidèle camériste, la belle-mère hostile, et même, pour achever le décor bien romantique, les ruines du monastère abandonné. Oui, il y avait là tous les éléments d'un roman de George Sand ou d'Eugène Sue. Comment ces grands auteurs auraient-ils conduit et achevé l'histoire, s'ils l'avaient inventée ? Marie Cappelle laissa son imagination travailler sur des réminiscences littéraires. Dans sa mémoire, surgirent les figures des adultères, belles de leur péché, de leur faiblesse et de leur désespoir, jetées sur les dalles qu'elles inondent de leurs larmes et de leurs chevelures, tandis que le Tyran conjugal, le Mari offensé, fatal et sardonique, les bras croisés, l'œil sanglant, s'apprête à les écraser. Sœurs d'Adèle, d'Indiana, de Valentine, ces femmes sont des anges déchus qui se souviennent du ciel, car elles invoquent Dieu, par habitude. Toutes veulent mourir ou s'exiler dans un pays poétique et lointain. Toutes parlent le même langage, emphatique, exclamatif comme le style de leurs lettres où abondent les interjections, les points de suspension et les majuscules.

Mme Lafarge savait maintenant ce qu'elle allait faire. Doucement, pour ne pas réveiller Clémentine, elle s'installa devant la table ; elle trempa la mauvaise plume dans l'encre grise du pot à confitures, et elle écrivit tout d'un trait :

Charles, je viens vous demander pardon. Je vous ai indignement trompé. Je ne vous aime pas et j'en aime un autre.

C'était net, vraisemblable et pathétique. Dès la première phrase, Charles serait proprement assommé.

Mon Dieu, j'ai tant souffert. Laissez-moi mourir, vous que j'estime de tout mon cœur. Dites-moi : « Meurs ! et je pardonnerai ! » Et je n'existerai plus demain.

Marie croyait voir, elle voyait réellement Lafarge grinçant des dents, prêt à massacrer l'épouse rebelle. La force de la suggestion opérait sur sa nature nerveuse, qui confondait si facilement la chose rêvée et la chose vue, l'acte projeté et l'acte accompli. Toujours, elle avait eu ce don singulier d'incarner en elle-même diverses Marie Cappelle, souvenirs de ses lectures ou reflets de ses désirs inconscients. Ce que l'écrivain projette de lui-même dans les créations de son esprit, elle s'en délivrait dans les mensonges amusants ou commodes, utiles ou inutiles, et elle mentait avec tant de sincérité qu'elle finissait par être de bonne foi.

Elle écrivit :

Ma tête se brise. Viendrez-vous à mon aide ? Écoutez-moi, par pitié ! Écoutez-moi. Il s'appelle…

Elle n'hésita qu'une seconde, et le nom qui était celui de son mari et celui d'un homme qu'elle avait aimé se trouva, sans qu'elle l'eût cherché, sous sa plume.

Il s'appelle Charles… Il est beau. Il est noble. Il a été élevé près de moi… Nous nous sommes aimés depuis que nous pouvons nous aimer… Il y a deux ans, une autre femme m'enleva son amour. Je crus que j'allais en mourir : par dépit, je voulus me marier… Hélas ! je vous vis. J'ignorais les mystères du mariage…

Une vierge pure, un lis féminin se dessinait auprès du satyre légitime. Marie se contempla en elle avec l'orgueil de sa pureté.

J'avais tressailli en serrant ta main. Malheureuse ! Je crus qu'un baiser sur le front seul te serait dû, que vous seriez bon comme un père.

Comprenez-vous ce que j'ai souffert dans ces trois jours ! Comprenez-vous que si vous ne me sauvez pas il faut que je meure ! Tenez, je vais vous avouer tout. Je vous estime de toute mon âme. Je vous vénère… Mais les habitudes, l'éducation ont mis entre nous une barrière immense.

La vérité, tout à coup, crevait le décor des faux sentiments romanesques.

À la place de ces doux mots d'amour, de triviales douceurs ; de ces épanchements d'esprit, rien que les sens qui parlent en vous, qui se révoltent en moi.

Le roman, se reformait, se précisait.

Et puis, il se repent ; je l'ai vu à Orléans ; vous dîniez. Il était sur un balcon... Ici même, il est caché à Uzerche. Mais je serai adultère, malgré moi, malgré vous, si vous ne me sauvez pas.

Charles, que j'offense si terriblement, arrachez-moi à vous et à lui. Ce soir, dites-moi que vous y consentez, ayez-moi deux chevaux, dites le chemin de Brive. Je prendrai le courrier de Bordeaux. Je m'embarquerai pour...

Un nom de ville, au hasard, traversa sa pensée. Une image s'éleva : maisons blanches, minarets, pachas, giaours, muets, odalisques, tout le bric-à-brac des Orientales.

... pour Smyrne... Je vous laisserai ma fortune.

Les idées, les mots se précipitaient, roulaient en tourbillon. Et comme les somnambules qui écrivent sous la dictée de leur instinct, Marie continua sa lettre, songe morbide, réminiscences décousues, reliées pourtant par le fil d'une volonté qui ne cassait pas en se jouant, en se perdant parmi les inventions demi-délirantes.

... Je vivrai des produits de mon travail ou de mes leçons. Je vous prie de ne laisser jamais soupçonner que j'existe ! Si vous le voulez, je jetterai mon manteau dans l'un de vos précipices, et tout sera fini. Si vous le voulez, je prendrai de l'arsenic. J'en ai. Tout sera dit. Vous avez été si bon que je puis, en vous refusant mon affection, vous donner ma vie, mais recevoir vos caresses, jamais. Au nom de l'honneur de votre mère, ne me refusez pas. Au nom de Dieu, pardonnez-moi. J'attends votre réponse comme un criminel attend son arrêt. Oh ! hélas ! si je ne l'aimais pas plus que la vie, j'aurais pu vous aimer à force de vous estimer ; comme cela, vos caresses me dégoûtent. Tuez-moi. Je le mérite : cependant, j'espère en vous. Faites passer un papier sous ma porte ce soir ; sinon, demain, je serai morte. Ne vous occupez pas de moi ; j'irai à pied jusqu'à Brive s'il le faut. Rester ici, jamais. Votre mère si tendre, votre sœur si bonne, tout cela m'accable. Je me fais horreur à moi-même. Oh ! soyez généreux ! Sauvez-moi de me donner la mort. À qui me confier, si ce n'est à vous ? M'adresserai-je à lui ? Jamais. Je suis morte pour les affections. Soyez homme.

Vous ne m'aimiez pas encore. Pardonnez-moi. Des chevaux feraient découvrir nos traces : ayez-moi deux sales costumes de paysannes. Pardon ! Que Dieu vous récompense du mal que je vous fais. Je n'emporterai que quelques bijoux de mes amies comme souvenir ; du reste, de ce que j'ai, vous m'enverrez à Smyrne ce que vous permettez que je conserve de votre main. Tout est à vous.

Ne m'accusez pas de fausseté. Depuis lundi, depuis l'heure où je sus que je serais autre chose qu'une sœur, où mes tantes m'apprirent ce que c'était que se donner à un homme, je jurai de mourir. Je pris du poison à trop petite dose ; encore à Orléans, je le vomis.

Hier, ce pistolet armé, c'est moi qui le gardai sur ma tempe pendant les cahots, et j'eus peur. Aujourd'hui tout dépend de vous. Je ne reculerai plus.

Sauvez-moi. Soyez le bon ange de la pauvre orpheline ; ou bien, tuez-la, dites-lui de se tuer, écrivez-moi, car, sans votre parole d'honneur – et je crois en vous – sans cet écrit, je n'ouvrirai pas ma porte.

« Madame !… on vous attend. Ne voulez-vous pas dîner ? »

La servante des Lafarge frappait à la porte. Clémentine se réveilla. Il faisait presque nuit.

— Je viens, cria Mme Lafarge.

Elle plia la lettre et la glissa dans sa ceinture.

*   *   *

Le jour mourant éclairait la salle à manger, aussi froide, aussi mal meublée que les autres pièces du vieux logis. Toute la famille entourait la table ronde, où la soupière était placée devant le maître, selon l'antique usage français. Elle sentait bon, la soupe copieuse, bien épaisse, longuement mijotée à petit feu, et tout le repas, spécialement préparé en l'honneur du jeune ménage, attestait le génie culinaire d'Adélaïde Lafarge. La pauvre mère avait mis dans les viandes et les légumes, la même intention, la même poésie domestique et familiale que des personnes d'un autre âge et d'un autre monde eussent mises dans l'offrande d'un bouquet. Les truffes remplaçaient les roses. Marie Cappelle ignorait trop la province pour comprendre ce genre de délicatesse. Elle était « petite mangeuse », souffrant de l'estomac, et, comme les dames à la mode, elle dédaignait les « grossiers » plaisirs de la bonne chère. D'ailleurs, ce soir-là, elle avait bien des raisons d'avoir l'appétit coupé. Son beau-frère et son mari dévoraient à grand bruit de mâchoires. À peine attablés, oubliant la présence des femmes, ces messieurs avaient entrepris une conversation d'affaires en patois. De temps en temps, Mme Lafarge, Mme Pontier ou Mme Buffière disaient leur mot dans cet idiome qui était celui des anciens troubadours, et qui paraissait atrocement barbare à une femme née en Picardie. Marie Cappelle se sentit véritablement à l'étranger. Elle considéra la vieille reine mère autoritaire et méfiante et pensa que cette femme ne pouvait pas ne pas haïr la femme plus jeune venue pour la déposséder. Elle vit dans les empressements d'Aména l'hypocrite manifestation d'une curiosité basse et jalouse et elle se persuada que cette « sœur » indésirée lui serait fatalement, comme la tante Pontier, une ennemie.

Pourtant les dames Lafarge, mère et fille, étaient sincères dans leur volonté de bon accueil, sincères et inquiètes. Marie les déconcertait. Elles l'admiraient en redoutant la critique muette de ce regard, de ce silence. Quoi, c'était la femme de leur Charles, cette personne si différente de leurs cousines, de leurs amies, si différente même des dames de l'aristocratie corrézienne ! Sa figure, sa coiffure, la coupe de sa robe, ses mains aux ongles brillants, sa manière de parler, de pencher la tête, de s'appuyer au dossier de sa chaise, tout révélait une créature d'espèce inconnue, vaguement dangereuse, la Parisienne !

Le dîner terminé, l'on retourna au salon. Les hommes continuèrent leur conversation et les femmes essayèrent de se tirer, l'une à l'autre, quelques paroles. Mme Pontier caressait sa chère Zéphirine. Marie Cappelle s'efforçait de sourire poliment. Elle pensait :

« Demain, je serai loin d'ici. Je ne verrai plus cet affreux salon, ces gens, cet homme… »

Elle regarda son mari et le souvenir de la scène d'Orléans la révolta de dégoût. Elle se rappela les effusions de l'arrivée : « Ma biche… Ma petite cane !… » Ah ! sur ses joues, sur sa bouche, ces baisers, ces répugnants baisers exigés comme un droit ! Cette souillure par ordre ! Cette prostitution obligée ! Elle serra ses petits poings fermés, ses lèvres minces. Jamais, jamais elle n'entrerait dans le lit de cet homme. Elle fuirait ou elle mourrait. Soudain, elle tressaillit. Une horloge rustique, dont le battement emplissait la maison, grinça, râla et, frappant neuf coups sonores, annonça que le moment était proche où, dans la fausse paix de cette soirée, éclaterait un drame déchaîné par une simple petite lettre. Une héroïne de Balzac, la duchesse de Maufrigneuse, prétend que les femmes en écrivant des lettres d'amour cèdent à la volupté de se perdre. Il y avait de cette volupté-là dans le plaisir presque sensuel qu'éprouvait Marie, en entendant le bruissement du papier caché dans son corsage, chaque fois qu'elle respirait fortement.

Et Lafarge aussi, tout en parlant de charbon et de fer, avait frémi au son de l'horloge qui ravivait en lui la brûlure d'une idée fixe, l'idée de l'alcôve et du lit, du corps féminin, blanc et délicat, blotti sous l'édredon, enfoncé dans les oreillers. Ce corps qu'il devinait, en dépit des manches larges et de la jupe froncée, ce corps de Marie Cappelle lui appartenait légalement comme lui appartenait sa maison, comme lui appartenaient sa table et sa chaise. Une chose, une vivante chose à lui. Cependant il ne l'avait pas encore possédé. Il se souvint d'Orléans, avec l'âpre regret d'avoir été trop bon ou trop bête. Sa femme s'était moquée de lui. Une femme étonnante, bien désirable malgré sa maigreur et bien compliquée ! En Limousin, dans le petit monde bourgeois, les rapports des hommes et des femmes étaient simples. L'amour ne réglait pas les mariages, et les mariages n'en étaient pas moins bons. Quand Charles Lafarge avait épousé la pauvre Félicie, est-ce que Félicie avait fait des singeries pour se mettre dans les draps ? Mais comment comparer Félicie Coinchon avec Marie Cappelle ! L'une était une brave jeune fille, bien soumise, bien assortie à son Charles, tandis que l'autre… Ah ! l'autre !…

Quoi ? Il n'allait pas faire l'imbécile avec l'autre et tourner en bourrique selon le caprice de Madame. Que diable ! la vie n'est pas un roman. Un maître de forges, gêné dans ses affaires et chargé de soucis qu'il ne dit à personne – à personne qu'à Léon Buffière et qu'à son commis Jean-Denis – un homme pratique n'a que faire de soupirer en mettant la main sur son cœur. Il lui faut de l'argent. Il lui faut une femme. Alors il cherche celle-là qui lui apportera celui-ci. Et si, pour des raisons de lui seul connues, il ne veut pas que les notaires du pays regardent de près ses affaires, il va quérir la femme et l'argent ailleurs. L'agence Foy procure des fiancées et des dots, discrètement… On n'est pas trop difficile ; on ne demande pas à la demoiselle d'être belle comme Pauline Bonaparte et spirituelle comme Delphine de Girardin. Ménagère économe le jour, épouse docile la nuit, cela suffit au bonheur d'un honnête homme. Mais il arrive que la mariée soit plus belle qu'on ne l'espérait, et même trop belle. Et cela change tout.

Oui, cette brune Marie, cette dédaigneuse, cette mijaurée, Lafarge n'avait pu l'approcher sans un bouleversement de tous ses sens. Il la désirait goulûment, exaspéré par ses refus. À Orléans, à Uzerche, à Vigeois, lorsqu'il avait été seul avec elle, même pour un quart d'heure, dans la chambre où elle se reposait tandis qu'on changeait les chevaux, il avait éprouvé la rage d'un homme dupé et l'aveugle appétit du viol. Et puis, d'un mot de sa bouche triste, elle lui avait fait sentir qu'elle pouvait tout sur lui et lui presque rien sur elle. Fouetté au vif par la déception qui centuplait la convoitise, il connaissait un état bien humiliant, qui était peut-être ce que les faiseurs de romans appellent l'amour.

Dix heures. Adélaïde Lafarge dormait sur sa chaise. Mme Pontier et la blonde Aména échangeaient des coups d'œil obliques et de petits signes. On allait voir la figure de la jeune mariée lorsqu'elle souhaite le bonsoir à la compagnie et prend sa chandelle pour suivre son seigneur et maître !… Gauche dans son émotion, Lafarge aurait peut-être voulu dire à Marie, tout bas, de ces paroles qui persuadent les femmes, mais il n'avait pas appris ce dialecte-là et, son naturel l'emportant, il fit ce qu'il aurait fait avec Félicie Coinchon. Il prit Marie par la ceinture et, devant toute la famille, il s'écria :

« Viens, ma femme ! Allons nous coucher ! »

Ni Adélaïde Lafarge, ni les Buffière ne furent choqués par cette élégante apostrophe, mais la réponse de Marie Cappelle les stupéfia.

— Je vous en supplie, permettez-moi de rester quelques minutes seule dans ma chambre… Je vous parle très sérieusement.

Lafarge se montra bon prince.

— Encore une simagrée !… Je te la passe, pour la dernière fois.

Est-ce que les Parisiennes sont trop fières ou trop mal bâties pour se déshabiller devant leur mari ? Faut-il à ces pécores des cabinets de toilette particuliers ou même des salles de bains ? Prétendentelles faire chambre à part ? Simagrées, inconvenantes simagrées !

* * *

La tante Pontier a grand sommeil et déjà, au creux de ses genoux, dort l'intéressante Zéphirine, agitée de frissons nerveux qui rident son poil jaunâtre. La fatigue est enfin plus forte que la curiosité. L'une portant l'autre, Philippine et Zéphirine prennent congé de la famille et s'en vont ensemble vers une quelconque chambre à alcôve, pareille à toutes les chambres à alcôve si nombreuses dans la maison. Les quatre personnes qui restent au salon autour de la lampe à huile ne trouvent plus rien à se dire.

Quelqu'un frappe à la porte. C'est Clémentine, cette servante qui est mieux habillée que Mme Buffière.

— Qu'est-ce que c'est ?

— Une lettre de Madame.

Et la fille se sauve comme si Lafarge allait la mordre.

Silence réprobateur de la famille, qui prévoit de nouvelles extravagances, et, tout à coup, le cri de Lafarge !… Il a déchiré l'enveloppe, lu la lettre et, jurant, sacrant, il court à la chambre de sa femme. Les autres suivent, et s'arrêtent dans le vestibule. La porte de Marie est fermée au verrou. Du pied, du poing, Charles l'ébranle. Tout le Glandier retentit de ses clameurs et de ses coups… Et la porte cède.

Elle a été ouverte de l'intérieur par Clémentine, qui reçoit le choc du furieux et manque d'être renversée. La grande chambre où palpite au vent de la fenêtre la flamme fumeuse d'une chandelle, paraît vide. Vociférant d'ignobles injures, Lafarge cherche sa femme. Où est-elle ? Partie ?… Enlevée par son séducteur ?… Non. Elle est là, debout dans l'embrasure d'une fenêtre, ayant derrière elle la nuit noire et la rivière qui coule parmi les rochers. Lafarge veut se jeter sur elle. Il crie qu'il la veut et qu'il l'aura ; qu'il a besoin d'une femme et qu'il n'est pas assez riche pour entretenir une maîtresse. La loi est pour lui…

Marie l'arrête par une menace :

« Si vous m'approchez, je saute en bas ! »

Elle touche à ce paroxysme de colère froide où les femmes sont capables de tout faire si on les met au défi. Sa pâleur, ses yeux étincelants, sa grande bouche serrée, ses bandeaux noirs qui se défont, le mouvement de tout son corps en arrière, vision terrible dans la nuit. Lafarge recule. Il imagine la femme étendue en bas, fracassée, et sa colère hésite.

Elle le regarde fixement.

— Je vous permets de me tuer, non de me souiller.

— Maman !... Aména !...

Charles Lafarge n'est plus que ce qu'il est réellement, sous ses formes brutales : un faible. Comme un enfant désespéré, il appelle sa mère et sa sœur. Qu'elles viennent, qu'elles parlent à Marie puisque lui ne sait pas, ne peut pas... Elles accourent à son appel. Elles supplient.

— Marie !... Marie !... Grâce pour le pauvre Charles ! Ne brisez pas sa vie ! Voyez : il pleure...

Charles sanglote :

— Ah ! pauvre maman ! je suis bien à plaindre ! Moi, si disposé à l'aimer ! Moi qui l'aimais tant !... Marie, écoutez... Je ne veux pas que vous partiez... Restez ici un mois, rien qu'un mois. Vous vous habituerez peut-être à la maison... Si ça vous est impossible, Marie, je vous ramènerai moi-même à votre famille. Mais, une séparation, si vite...

— Vous l'aurez voulue, la séparation ! Vous l'aurez ! dit Marie en criant à se rompre la poitrine. Vous avez fait tout ce qu'il fallait pour cela...

Elle lui jette au visage ses griefs, ses reproches comme des cailloux. Il l'a trompée. Il l'a conduite dans un désert, dans une masure, et il prétend l'y retenir ! Jamais. Elle partira. Ou bien elle se tuera. Elle a déjà voulu se tuer, pendant le voyage. Avec ce pistolet qui était sur le siège de la voiture et, à Orléans, avec du poison...

Adélaïde Lafarge essaie d'intervenir, tandis qu'Aména tire son frère à part, l'oblige à s'expliquer et se fait montrer la lettre. La pauvre vieille mère n'a rien compris aux griefs de Marie, ni aux torts de Charles. Elle a seulement compris que Mlle Cappelle n'aime pas beaucoup Lafarge et pas du tout le Glandier, – ce qui est bien extraordinaire, parce que Charles est un très bon garçon et que tout le monde, dans le pays, admire le Glandier. Pour Adélaïde qui n'a jamais quitté la Corrèze, la déception de sa bru est inexplicable. Elle répète que Charles a péché par excès d'amour, et que l'orage et la pluie ont gâté l'aspect du vallon. Un peu de calme, un peu de soleil, et tout s'arrangera.

« Vous ferez ce que vous voudrez chez nous, Marie. Vous y serez la maîtresse absolue… »

Cette promesse coûte à la vieille femme, mais elle sacrifiera sa royauté ménagère à son amour maternel.

Épuisée, Marie Cappelle fond en larmes. Alors, Aména Buffière, qui n'est pas sotte, et qui, seule, dans cette scène de folie, a gardé son œil clairvoyant et sa droite raison, ramène son frère vers sa belle-sœur. Il est anéanti. Il prend la main de sa femme et la baise…

— Pardonnez-moi, Marie.

— Et vous aussi, Charles, pardonnez-moi. Oubliez ce que je vous ai dit. Gardez ma fortune… et laissez-moi partir ! — Écoutez, Marie, dit Amena…

Elle écarte son frère et emmène la jeune femme dans ce coin de la chambre où elle a confessé Charles.

— Cette lettre… qu'y a-t-il de vrai ?

Elle flaire le mensonge, mais il est bien invraisemblable qu'une honnête femme s'accuse à faux d'avoir un amant. Celles qui en ont – car tout arrive, même en Corrèze, – n'ont garde de l'avouer à leur mari ! Pourquoi les autres de déshonoreraient-elles gratuitement ? Dans quel intérêt ? Afin de redevenir libres ? Chansons ! Le divorce n'existe pas en France, et un mariage ne se défait pas aussi aisément qu'il se fait.

— Ce « Charles », où est-il ?… L'avez-vous vu, vraiment vu ?

Marie Cappelle répond volubilement, avec une surabondance de détails. « Charles » était à Uzerche le matin même, fête de la sainte Marie ; il guettait son passage, et, comme il faisait tous les 15 août, il avait apporté un bouquet de roses blanches, qu'il tenait à la main.

— C'est tout ?

— C'est tout.

C'était bien assez, pense Mme Buffière, pour justifier la colère du Charles légitime. Maintenant, Marie revient sur la scène d'Orléans.

Elle répète :

— J'ai voulu m'empoisonner, ce soir-là. Oui, avec de l'arsenic. J'en ai pris. La dose était insuffisante.

— Une femme qui a des principes religieux n'a pas toujours à la bouche ce mot de poison, fait Aména, sceptique et secrètement agacée.

Un sourire passe sur les lèvres minces.

— C'est une manie de famille. J'ai toujours de l'arsenic sur moi.

Charles s'est encore précipité aux pieds de sa femme. Il couvre de baisers les mains qui ne se défendent plus. Il promet d'obéir à Marie, d'être un frère pour elle jusqu'à ce qu'elle lui permette d'être un époux, le plus tendre des époux.

— C'est ça, dit Mme Buffière. Soyez tranquille, ma sœur. S'il n'est pas sage, nous vous garderons. Voulez-vous que je couche dans votre chambre ?

— Non... Clémentine... ma bonne Clé...

Et Marie se trouve mal. On appelle la « bonne Clé ». On déshabille la malade. On la met au lit. La crise nerveuse dure jusqu'à deux heures du matin, tandis que Charles, retiré dans la chambre rouge, est pris lui aussi de convulsions.

Adélaïde Lafarge et les Buffière ne dormirent pas de la nuit. Ils croyaient Marie Cappelle empoisonnée. Elle avait tant parlé d'arsenic que dès ce premier soir de leur vie commune les pauvres gens en voyaient partout.

Chapitre IV

Le matin du 16 août, M. Louis-Philibert de Chauveron reposait encore dans sa maison des Agas, près de Voutezac, quand une visite, imprévue à cette heure, l'obligea de se lever en hâte. Léon Buffière, venu à cheval du Glandier, insistait pour voir immédiatement le vieil avocat, très ancien et fidèle ami des Lafarge.

M. de Chauveron pressentit qu'un malheur était arrivé, et peut-être éprouva-t-il le remords d'en être un peu responsable. Ce mariage de Lafarge, ce mariage qui faisait jaser toutes les bonnes langues du pays, M. de Chauveron en avait été l'un des artisans (ou l'un des complices). Par amitié pure, le jurisconsulte de Voutezac avait écrit, à titre de renseignements, une lettre pompeuse où il représentait en beau la fortune, la situation industrielle, le caractère et les sentiments de Charles Lafarge et de tous les Lafarge. Il avait même vanté le « château » du Glandier comme une demeure charmante. En quoi il était sincère, puisqu'il était Limousin, et qu'en 1839 les Limousins, gens casaniers, férus d'antiques habitudes, ignoraient absolument le luxe et le bien-être et se plaisaient dans leurs vastes maisons froides, pleines d'araignées et de courants d'air.

Léon Buffière était encore bouleversé par la scène de la veille. Il la raconta brièvement et dit à M. de Chauveron que Charles l'attendait. Lui seul, avec l'autorité de l'âge et de l'expérience, pourrait agir sur l'esprit de la révoltée, et sauver l'avenir du ménage.

L'avocat ne pouvait refuser. Il fit seller son cheval et partit avec Léon Buffière. Chemin faisant, dans la radieuse lumière du soleil d'août, il préparait sa plaidoirie.

Ce bon M. de Chauveron représentait un type accompli de la déformation professionnelle particulière aux gens de loi, ses contemporains. Avec une belle tête à cheveux blancs, une voix de basse et des gestes nobles, il était empesé comme son col à pointes, rigide comme sa haute cravate, austère comme un traité de droit romain et solennel comme une ode de Jean-Baptiste Rousseau. La gravité de l'ancienne bourgeoisie parlementaire survivait en lui aux influences de l'esprit moderne. Il était majestueux ou ridicule selon qu'on le regardait de Tulle ou de Paris. Sous ces formes qui prêtaient également au respect et à l'ironie, M. de Chauveron possédait des qualités que l'on découvrait à l'usage. Il était bon, savant et sage ; il était même spirituel, et sa conversation aimable et sérieuse s'agrémentait d'une nuance de galanterie. Il avait dû aimer les femmes puisqu'il savait leur parler.

Lafarge était couché dans la sombre « chambre rouge » au fond d'une alcôve sans air. Comme sa femme, il avait eu des crises de nerfs, sinon un accès plus grave, et il n'avait pas fermé l'œil, tandis que Madame jouissait maintenant d'un sommeil qu'on n'avait pas osé troubler.

Il se jeta au cou de l'avocat et se mit à sangloter.

— Ah ! monsieur de Chauveron !

— Qu'y a-t-il, mon bon ami ?…

— Venez à mon secours… Je suis le plus malheureux des hommes et mon mariage est le pire accident qui me soit jamais arrivé. Ma femme me déteste ! Et elle aime follement un autre… Lisez !

Il tendit la lettre à M. de Chauveron. Le digne avocat la lut, la relut, la relut encore, et encore, et, après une cinquième lecture, il resta sans voix… Le torrent de son éloquence était séché tout net.

— C'est épouvantable, dit-il enfin.

Ayant retrouvé le calme et l'équilibre de son esprit, il résuma la situation :

Mon pauvre Charles, je vois ce que c'est : vous avez épousé une « petite-maîtresse ». Elle compare votre Glandier à son cher Paris, et elle n'a qu'un désir, qui est de retourner au plus vite là-bas… surtout si le prétendu séducteur qu'elle dit aimer est caché dans les environs d'ici.

— Que faire, monsieur de Chauveron, que faire ?

— Hé, mon ami, il faut attendre.

En termes choisis, l'excellent Chauveron développa ses idées sur la situation des hommes qui épousent des femmes douées d'une imagination excessive. Elles ne sont pas faciles à conduire, ces personnes qu'on peut dire, sans exagération, périlleusement exaltées, mais, à force de patience, de ménagements, d'égards, de soins comme on en prodigue à un enfant malade, on peut rafraîchir ces têtes ardentes et ramener ces esprits rebelles sur la voie de la droite raison. Un mari est un protecteur et même un mentor. La morale, la religion l'obligent à défendre contre elle-même sa femme, sa faible femme. Et d'autre part…

M. de Chauveron visait un point particulièrement sensible.

— Rappelez-vous, dit-il en baissant la voix, que vous avez étendu, soutenu, affermi par votre mariage votre position. Que ne croira-t-on pas ?… Que ne dira-t-on pas ?… Que ne fera-t-on pas contre vous ? J'ignore et je veux ignorer si vous avez, comme le bruit en court, des embarras d'ordre pécuniaire. À supposer que ces embarras existent, vos créanciers, s'ils apprennent la rupture de votre mariage, s'inquiéteront, s'agiteront, vous poursuivront, vous harcèleront, et votre crédit, ce crédit qui est la force, la vie, l'âme même de l'industrie et du négoce, votre crédit, Charles, songez-y bien, s'affaiblira, s'ébranlera, se perdra… Épargnez à votre famille, à vos amis, à vos concitoyens le triste spectacle de votre malheur engendrant votre ruine. Gardez votre femme, gardez-la bien, au doigt et à l'œil, sans y paraître, de peur qu'elle ne s'évade ou ne se suicide, et faites en sorte qu'elle ne revoie jamais son séducteur, l'autre Charles, qui ne manquera pas, s'il est vraiment quelque part dans les environs, de se rendre aux courses de Pompadour après-demain, pour y rencontrer la dame de ses pensées.

Ayant parlé dans ce style, et mieux encore, et plus longuement, M. de Chauveron laissa le malade à ses réflexions et s'en fut rejoindre ses hôtes, car il était l'heure de déjeuner. Dans le salon de compagnie, maintenant tout ensoleillé, les gens de la famille montraient des figures verdâtres.

M. de Chauveron leur distribua des paroles lénitives et des conseils dulcifiants. Mme Buffière était d'avis qu'on laissât Marie s'en aller, puisqu'elle en avait envie, car une femme qu'on retient de force devient une assez mauvaise bête. Elle était seule de son avis. Adélaïde Lafarge, qui ne pouvait guère aimer sa belle-fille, songeait au désespoir de Charles et au scandale abominable d'une séparation arrivant le lendemain d'un mariage. Quand il y a dans une famille honorable des dissentiments et de la haine, cela explose à couvert, portes fermées. Personne n'en sait rien. Léon Buffière pensait à la dot qu'il faudrait rendre… Et, tous, à la fin, tombaient d'accord sur la nécessité de patienter, de se taire, de…

Quelqu'un entra qui interrompit la conversation. C'était l'héroïne du drame, un peu jaune, mais bien portante. Le premier contact fut pénible. On échangea des banalités. M. de Chauveron empêcha le silence de s'établir. Tout en filant de longues considérations sur la température et la saison, il étudiait l'auteur de la lettre, cette figure plutôt laide mais séduisante, et ce caractère aussi difficile à déchiffrer qu'un manuscrit raturé et surchargé en tous sens. Sous un air de galanterie surannée, il était en défiance. Marie Cappelle s'en aperçut. Elle fut simple à ravir, un peu triste, réservée sans froideur et son aisance de femme du monde fit paraître plus épaisse la vulgarité des Lafarge. Après le déjeuner, l'on passa sur la terrasse. L'embrasement solaire consumait le ciel au-dessus des pentes où s'étageaient les têtes rondes des châtaigniers. Une fraîcheur montait de la rivière. Marie se pencha vers l'eau fuyante qui blanchissait les cailloux. Cette attitude inquiéta M. de Chauveron. Est-ce que la jeune femme méditait un suicide ? Attentif à ses gestes, il fut prêt à la retenir. Mais elle redressa son buste mince et parut s'arracher à la mortelle sollicitation des eaux. Le vieillard respira. Il parla d'un cœur soulagé. Il parla longtemps, lentement, avec complaisance, cherchant les tours les plus élégants et les métaphores les plus majestueuses pour dire les plus petites choses et les grandir en les exprimant. Ce discours, comme un flot coulant, berça la rêverie secrète de Marie. Elle finit par y répondre, par sourire et, souriant, elle s'embellit. M. de Chauveron parut charmé.

Avant de partir, il retourna auprès de Lafarge.

« Tout va bien, mon bon ami… Songez à ménager votre femme, qui est une personne délicate. Surveillez votre langage. Ayez des égards… beaucoup d'égards… »

Le vieil avocat venait de remonter à cheval quand arriva un autre visiteur qui fut présenté à Marie comme « l'oncle Pontier ».

Elle avait déjà vu un oncle Pontier à Châteauroux. Celui qui venait à elle, la main tendue, était médecin à Uzerche.

Était-il possible que cet homme, encore jeune, aux yeux sombres et enfoncés, aux cheveux tout blancs, à la courte moustache brune, fût le propre frère de la vieille Mme Lafarge ? Toute sa personne exprimait une distinction naturelle, avec cette rectitude qui révèle l'officier en civil. Raymond Pontier, chirurgien militaire, avait fait les grandes guerres de l'Empire. Il avait vu Moscou brûler et le pont de la Bérézina s'effondrer sous des grappes humaines. Il avait connu les souffrances de la retraite parmi les neiges de Russie. Prisonnier des Cosaques, il s'était évadé en rapportant, roulée autour de son corps, une loque sanglante, l'étendard du 10e hussards, son régiment. Après la chute de l'Empereur, répugnant à servir les Bourbons, il était rentré à Uzerche, sa ville natale, et il y exerçait la médecine tout en occupant de science et d'archéologie.

Dès le premier regard, Marie Cappelle, avec l'infaillible instinct de la femme, sut que le Dr Pontier serait pour elle un ami. Elle pensait :

« Il n'est pas comme les autres. »

Et lui aussi se disait, en songeant aux dames d'Uzerche, à sa sœur

Adélaïde, à sa nièce Amélie Materre, à sa nièce Aména :

« Cette jeune femme de Charles n'est pas comme les autres. »

Sans doute tenait-il en médiocre estime ses parents du Glandier. S'il était de la même race, il était d'une qualité bien supérieure.

Avec ce compagnon symbolique, Marie refit la promenade qu'elle avait faite avec le solennel Chauveron. M. Pontier ne la noya pas dans un tiède fleuve d'éloquence. Il ne sermonna pas, il ne moralisa pas. Il ne parla même pas de Charles Lafarge. Comme s'il avait senti la lassitude de Marie et le besoin qu'elle avait d'oublier son étrange position, il lui fit visiter les ruines et lui raconta l'histoire du vallon isolé, crêpu de bois, où le baron Archambaud de Comborn avait fondé une chartreuse au XIIe siècle. Du coup, la romanesque Marie s'intéressa au Glandier. Elle ne savait pas encore si elle y resterait huit jours, un mois, ou toute sa vie. Sa volonté flottait au vent de ses émotions, et il n'y avait de fixe en elle que sa répugnance physique pour son mari et son antipathie pour tout ce qui tenait aux Lafarge, sauf le Dr Raymond Pontier. Ah ! pourquoi l'homme qu'elle avait épousé avec une hâte imprudente ne ressemblait-il pas à cet oncle bon et charmant que ses cheveux blancs ne vieillissaient pas ? Celui-là était un être d'élite, un esprit cultivé, un grand cœur, et sans doute portait-il le poids d'un chagrin secret, car il y avait dans ses yeux bruns, dans le timbre de sa voix, une nuance de mélancolie.

Il devina que Marie s'attendrissait. Lui-même avait pitié d'elle. Cette jolie créature – car plus il la voyait, plus il la trouvait jolie – liée à ce butor de Charles ! Elle avait bien des raisons de se plaindre, la pauvre petite ! Et, quant à sa lettre, c'était l'invention délirante d'une imagination hypersensible justement désespérée. Tous les médecins ont observé des cas analogues. Indulgent et triste, le docteur se disait que Marie n'était pas sans excuses si elle se montrait extravagante, et que jamais, jamais elle ne serait heureuse au Glandier. Il fallait pourtant qu'elle y restât. La loi, la religion, l'intérêt de la famille voulaient qu'elle demeurât la femme de Charles Lafarge, et le devoir de Raymond Pontier était de l'en convaincre par la douceur.

Ils s'étaient éloignés du groupe de leurs parents. Ils marchaient côte à côte parmi les ruines de la chartreuse. L'herbe séchée par le soleil d'août, mêlée de petites graminées blondes et de scabieuses mauves, couvrait à demi les pierres écroulées où se dessinaient encore les belles lignes de quelque moulure, les figures sculptées d'un chapiteau. Çà et là, un piédestal de colonne, un fût roman couché dans les débris, un segment d'arc partant d'un mur crevé par des figuiers sauvages ; et, comme les tapisseries à verdures qui tendaient autrefois les nefs des églises, partout ces hautes parois rocheuses entourant le Glandier, partout les gris bleuâtres des granits, le vert sombre des châtaigniers et le violet ardent des bruyères.

La vie de Marie Cappelle allait refléter les graves couleurs de ce paysage. Elle serait calme comme lui, austère comme lui, cachée au monde, embellie par une sagesse résignée, si Marie savait le vouloir. M. Pontier essaya de peindre, en mots émus, cette existence qu'il proposait à sa chère, déjà bien chère jeune nièce.

Elle secouait la tête.

— Il n'y a plus de bonheur pour moi.

— Il y a le bonheur des autres, qui sera votre œuvre, et l'on jouit toujours de l'œuvre qu'on a faite. Charles a ses défauts, que je connais. Il manque d'esprit et de manières, mais il ne manque pas de bon sens, et il a du cœur. À vous de civiliser ce sauvage. Ce n'est pas impossible. Il vous aime comme il peut aimer, autant qu'il peut aimer. Vous obtiendrez tout de lui avec quelques bonnes paroles. Et quant à la famille, rassurez-vous. Elle ne vous sera pas hostile. Ma sœur Adélaïde est une excellente femme. Elle n'a pas eu beaucoup de joies avec un mari qui la trompait sans vergogne. L'amour maternel est sa raison de vivre et son fils est son orgueil. Soyez douce envers elle. Montrez que vous aimez… que vous voulez aimer Charles. La mère sera touchée et conquise. Aména n'est pas sotte. Vous découvrirez dans le voisinage des personnes agréables. Votre vie, mon enfant, réglée par le devoir, embellie par l'affection, aura son intime poésie, que vous êtes bien digne de sentir et de répandre autour de vous. Car il y a de la poésie dans le devoir noblement accepté comme il y en a dans nos vieilles coutumes et dans nos landes sauvages.

— Mais… si je reste… vous m'aiderez ?

Les yeux noirs caressaient le docteur avec une coquetterie suppliante. Toute jeune, toute ingénue semblait Marie lorsqu'elle regardait ainsi un homme qui lui plaisait et à qui elle voulait plaire, c'était la « faible femme », qu'il est doux de protéger lorsqu'on est fort. M. Pontier avait l'âme chevaleresque, et un peu naïve du militaire. Il répondit :

— Oui, je vous aiderai, Marie. Je serai votre conseiller, votre défenseur au besoin.

— Et mon ami ?

— Votre ami.

— C'est juré ?

— C'est juré. Alors, je peux annoncer à mon neveu votre pardon… et votre visite ?

Elle eut un frisson qu'elle réprima.

— Venez… dit le docteur en lui prenant la main. Allons voir ce pauvre Charles.

Chapitre V

Lafarge cueillit quelques hautes digitales pourpres qui avaient poussé parmi les fougères sur le talus du chemin. C'était le matin du 20 août. D'Uzerche à Tulle et de Brive à Turenne, des centaines de gens partaient pour les cours de Pompadour et Charles Lafarge irait aussi avec sa sœur Aména et une de leurs cousines. Mais la jeune Mme Lafarge resterait au Glandier.

Elle l'avait voulu. Prudence ou dépit ? Scrupule peut-être et volonté de fidélité ? L'autre Charles, s'il osait se rendre à Pompadour, y chercherait vainement la dame aux yeux noirs. Le mari triomphait à demi. Il n'avait pas obtenu la victoire, mais un armistice qui lui permettait de tout espérer.

Les hommes de bon conseil avaient raison. Il fallait patienter, attendre… Et déjà Lafarge commençait cette réforme de sa tenue et de son langage que l'oncle Pontier disait indispensable. Il se raserait tous les jours. Il nettoierait ses ongles. Il mettrait au rancart les savates traînantes et les vieux habits tachés qu'il portait dans la maison par commodité et par économie. Il retiendrait les gros jurons qu'il proférait pour se soulager de sa mauvaise humeur ou simplement par habitude. Les femmes du Limousin sont habituées à ce ton, mais cela choque les Parisiennes. Un bon mari doit tenir compte de ces susceptibilités.

Il avait appelé Clémentine en secret et, gêné, mugissant, il lui avait demandé quelles étaient les couleurs favorites de Madame. Madame, hélas ! n'aimait rien de ce qu'aimait Monsieur en fait de cravates et de gilets. Les nuances tranchantes, qui font si gai, lui déplaisaient absolument. Elle ne supportait que les teintes neutres et foncées. Eh bien, Monsieur renoncerait aux gilets jaunes et aux cravates rouges. Il s'habillerait comme les hommes qu'on voit dans les gravures de mode, en pantalon collant, en redingote à jupe plissée, le chapeau à forme haute posé sur des cheveux aux touffes bouclées luisantes de brillantine... Ça coûterait cher. Et la transformation du Glandier, exigée par Marie, coûterait encore plus cher. Que dirait Léon Buffière ? Que dirait Denis, l'homme de confiance ?... Et la maman, comment prendrait-elle une pareille révolution domestique ?

« Tu as voulu cette Parisienne, se disait Lafarge. Tu l'as, pauvre Charles !... Et tu veux la garder. »

Oui, la garder. Et la prendre. Car, dire qu'il l'avait, c'était manière de parler... Et voilà bien le pis ! il ne pouvait plus se passer d'elle. Plus elle se refusait, plus il la désirait.

La veille, il l'avait menée en bateau visiter la forge, curieuse de tout, amusée de tout. Il lui avait expliqué les machines, la coulée, les détails de la fabrication du fer. Dans ce domaine, son « royaume ténébreux », comme elle disait en riant, Lafarge était à l'aise, sûr de lui, sûr de son prestige, tandis que dans un salon il se sentait inférieur.

Les ouvriers avaient offert à Madame une gerbe de fleurs des bois. Elle avait goûté leur soupe, et demandé pour eux au maître un dessert de fruits et du vin. Ils l'avaient couronnée de feuillage sur son chapeau puis, riant, chantant, l'avaient reconduite au Glandier où les paysans des fermes voisines avaient planté dans la cour un mai en signe de bienvenue. Jusqu'à la nuit, violoneux et cabrettaïres avaient fait danser l'assemblée. Rondes et bourrées, complaintes patoises. Le vieux Glandier si morne s'éveillait par tous ses échos. Ah ! Marie, mignonne Marie ! Quel beau jour, ce jour-là, et pourquoi ne s'était-il pas continué par une belle nuit ?

Portant son bouquet de digitales, le maître de forges revint à la maison. Il remit les fleurs à Clémentine « pour Madame » et, la voiture étant prête, il partit avec sa sœur et sa cousine, laissant sa femme à la garde de deux dragons femelles : Adélaïde Lafarge et la tante Joseph Pontier.

Le champ de courses de Pompadour s'étend devant le magnifique château du XVIᵉ siècle. De grands arbres encadrent la pelouse verte où des barrières blanches jalonnent la piste. Ce dimanche d'août 1839, le gros bourg qui s'agglomère autour du haras était envahi par une foule bariolée et bruyante. Toutes les classes et tous les métiers se coudoyaient. Des fermiers étaient venus en *charton*. Ils avaient des vestes courtes en bure tissée à la maison et de grands chapeaux de poil de lièvre. Leurs femmes arboraient des devantaux de couleur, de grosses jupes noires, des fichus imprimés, des bonnets à ruches sous la pailhole nouée de velours, ou bien la coiffe charmante du Haut-Limousin, le barbichet de tulle et de dentelle aux transparentes ailes blanches. Ces gens s'asseyaient dans l'herbe à l'ombre de leurs charrettes dételées. Ils buvaient du vin blanc et mangeaient de lourds gâteaux ou du saucisson à l'ail ; une odeur de graisse chaude émanait des baraques où l'on vendait des beignets. Dans les tribunes, les dames de la société étaient assises, tenant des lorgnettes ou des éventails, et les messieurs se penchaient vers elles pour leur expliquer les chances des chevaux engagés. Les énormes capotes à bavolet, en taffetas ou en paille d'Italie, composaient de loin un jardin de fleurs peuplé d'oiseaux à longues plumes frissonnantes. Les frileuses et les dames mûres s'enveloppaient de cachemires en dépit de la chaleur. Les jeunes femmes, en toilettes de percale ou de mousseline, laissaient tomber, de leurs épaules à leur ceinture, les écharpes de blonde noire qu'elles retenaient au pli de leur coude. Presque toutes étaient chargées de bijoux, colliers de corail, chaînes pompéiennes réunies par des camées, croix émaillées, jaserons légers, médaillons à miniatures dont le double verre bombé cache une boucle de cheveux. Les élégantes, instruites par les journaux de modes de « ce qui se faisait à Paris », se permettaient l'excentricité gracieuse d'une cassolette suspendue au petit doigt, par un fil d'or.

Lafarge trouva partout des personnes de sa connaissance ou de sa parenté : la tante Materre, d'Uzerche, avec sa fille Amélie, coquette et noiraude, la tante Panzani, éternellement habillée de

jaune et de vert, et méditant des chefs-d'œuvre historiques et littéraires – car elle était, ou voulait être, la Muse du département –,
la fille du Dr Pontier, la charmante Emma. Toutes – et la comtesse
de Tourdonnet, et Mme Deplaces, entre dix autres, – s'étonnèrent
que Lafarge, marié depuis quatre jours, fût venu aux courses sans
sa femme. Il argua de l'extrême fatigue du voyage en poste qui avait
obligé la jeune Mme Lafarge au repos, et il promit qu'avant la fin
d'août, exactement, le ménage commencerait ses visites de noces.

Il allait et venait ainsi, quand il rencontra M. de Chauveron.

— Eh bien ? fit l'avocat, est-on devenue raisonnable ?

Lafarge se repentait d'avoir raconté trop vite, et à trop de gens, les
secrets de son ménage. Il répondit un peu froidement :

— Elle a bien voulu rester au Glandier.

M. de Chauveron s'écria :

— Que vous disais-je ?... Mon conseil était sage. Vous l'avez sui-
vi. Voyez le résultat. Votre épouse comprend ses devoirs. Votre
hymen sera heureux. Mais, mon bon ami, l'« autre »...

— Quel « autre » ?

— L'autre Charles... Est-il ici ?... Soupçonnez-vous...

Au diable la vieille pie !... Lafarge coupa l'entretien d'assez mauvaise humeur.

Il avait regardé les figures inconnues rencontrées sur le champ de
courses. Aucune ne lui représentait le séducteur si vaguement dé-
peint par Marie. Qu'il fût ou non à Pompadour, l'autre « Charles »
se découragerait vite pourvu que Mme Lafarge demeurât bien sage
au Glandier et n'en sortît jamais seule.

*   *   *

Quand Lafarge rentra dans le salon jaune, il eut un éblouissement
en voyant Marie venir à lui. Elle avait une robe en mousseline
blanche qui découvrait son cou et ses bras et, dans ses cheveux
noirs partagés en bandeaux soyeux, des épingles d'or retenaient sur
le chignon tordu une branche de digitale pourprée.

Charles fut ému autant qu'il pouvait l'être, par cette délicatesse
dont il n'aurait jamais eu l'idée. Quoi ! la rebelle Marie, la cruelle

Marie portait dans ses cheveux les fleurs qu'il lui avait offertes !
Elle avait fait toilette pour lui, afin que, devant ses amis, il pût être
orgueilleux d'elle. Elle le regardait amicalement. Elle lui souriait.
Il s'approcha et balbutia quelques mots, exprimant gauchement sa
gratitude. Alors elle lui tendit son front, et elle reçut son baiser.

Le piano, expédié de Paris, était arrivé dans la journée, avec les
caisses qui contenaient le trousseau de Marie. Le plaisir de déballer
des robes, l'admiration naïve de la belle-mère, l'étonnement jaloux
de la tante Pontier avaient fait diversion aux tristesses de la jeune
femme. Elle accueillit avec grâce et gaîté les hôtes que son mari
lui amenait de Pompadour. Après le dîner, elle se mit au piano,
joua des contredanses pour faire danser ses invités, joua même,
de mémoire, quelques airs de bourrée entendus la veille. Lafarge
triomphait. Il triompha jusqu'à la porte de la chambre conjugale –
exclusivement.

Le lendemain, il y eut un déjeuner sur l'herbe, au bord de la rivière. Les assiettes étaient rares, les verres peu nombreux. On les
mit en commun. Ce fut l'occasion de plaisanteries prévues et que
tout le monde déclara très drôles. Marie, seule, ne riait pas. Elle
raconta plus tard les incidents de cette petite fête. « Un aimable
plaisant cacha un limaçon dans le beignet de sa belle : grands ris
et applaudissements ; un autre, par distraction, avala toute la pro-
vision de vins étrangers… un troisième mit une tarte sur sa tête ;
enfin, un quatrième entonna une chanson grivoise. Le refrain avait
pour accompagnement indispensable le choc des verres et des baisers, ce qui eut un grand succès auprès de quelques cousines, qui
riaient sous leur crêpe et rougissaient ostensiblement de l'obliga-
tion d'embrasser un tout petit cousin de leur âge ! »

Cette grosse jovialité, sans malice, Marie n'y voyait qu'une in-
supportable vulgarité. Il lui manquait l'esprit de sympathie et le
sens de ce qu'était réellement la province. Un Balzac eût considéré ces gens avec une curiosité d'entomologiste qui étudie une
espèce d'insectes particulière à une région, mais comment Marie
Cappelle eût-elle oublié, pour les observer et les juger, qu'elle était
condamnée à vivre parmi eux, qu'ils avaient, en quelque sorte,
un droit sur elle ? Elle sentait bien qu'en province on n'est jamais
absolument indépendant ; que s'affranchir des règles admises est
une entreprise chimérique ; que se moquer de l'opinion publique

est un danger. On brave ainsi plus fort que soi. Elle le sentait, et n'en voulait pas convenir. Dans l'essai qu'elle avait consenti à faire, sur la sollicitation du Dr Pontier, il y avait une arrière-pensée de bataille. Famille, maison, pays, les gens et les choses lui étaient ennemis. Elle devrait être plus forte qu'eux ou dévorée par eux. Dans ce combat qui commençait, il lui fallait d'abord se faire un allié du principal adversaire et mettre de son parti, contre tout le Limousin, son mari : Charles Lafarge.

Elle se tourna vers lui. Il la regardait, glacé par sa tristesse. Qu'avait-elle ? Pourquoi ne s'amusait-elle pas de ce qui divertissait toute la société ? Était-elle malade, ou fâchée, ou ressaisie par la nostalgie de Paris ? Lafarge n'avait pas assez de finesse pour pénétrer ce cœur difficile. Il crut deviner le désir de Marie, et lui proposa d'aller seuls, tous deux, visiter un de ses domaines et chercher une source fraîche. Une flamme de joie passa dans les yeux noirs. Enfin, se délivrer de ces sottes femmes, de ces hommes mal élevés, de ces victuailles étalées, de ces grossières chansons !... Marie et Charles s'éloignèrent un peu, puis, se prenant par la main, ils coururent à travers rochers et broussailles. Ils s'arrêtèrent à bonne distance, et se regardèrent en riant... Qu'elle était jolie, sous non grand chapeau, avec sa pâleur, où l'afflux du sang mettait une nuance rose, ses grands yeux mystérieux et caressants, sa poitrine qui soulevait la mousseline blanche du corsage !

« Attendre ! » avaient dit les sages conseillers. Lafarge pensait que l'attente, si elle se prolongeait, le rendrait fou.

Chapitre VI

Les jours passèrent, et les nuits. Il y avait maintenant plus d'une semaine que le couple était arrivé au Glandier. Que d'événements en ce court espace de temps : déceptions, colère, désespoir, menace de rupture, réconciliation conditionnelle... et soudain un apaisement qu'un homme plus subtil que Lafarge eût trouvé bien subit et quasiment inextricable !

Le pauvre Charles voyait gros. Les nuances d'un caractère féminin aussi étranger à sa nature que celui de Marie Cappelle ne lui étaient pas sensibles. Son opinion sur sa femme se résumait ainsi :

« C'est une originale ! »

Elle faisait un effort vers lui. Elle lui demanda le Manuel des maîtres de forges, pour s'initier à la technique du métier, et il fut confondu d'admiration lorsqu'elle lui parla de « gueuses », de « loupes » et de « rongends ». Cet intérêt qu'elle portait aux travaux de l'industriel, n'était-ce pas une preuve qu'elle le considérait comme son mari, un vrai mari, le compagnon de toute son existence ?

Un soir, il l'emmena voir la coulée de fonte. Elle était lasse et voulut revenir en bateau.

Plus tard, elle a raconté, – dans ce style déplorable qu'elle affectait lorsqu'elle voulait être « littéraire » – cette navigation nocturne, qui eut, semble-t-il, bien des conséquences secrètes. Elle a parlé de la lune qui mirait dans les eaux *sa pâle et divine image*, de la cigale étourdie dont *la chanson grivoise allait éveiller toute une république d'austères fourmis*, de la grenouille *peut-être incomprise (!)* qui laissait tomber *un soupir coassant !* Elle a parlé du bras de Lafarge passé autour de sa ceinture et des trois baisers qu'elle lui permit de prendre, *signatures obligées pour rendre un contrat très valable.* Mais de ce contrat lui-même, elle n'a presque rien dit.

— Promettez-moi de me laisser beaucoup votre sœur et très peu votre femme. Vous verrez que je suis une fort aimable sœur.

Lafarge protestait faiblement.

— Mais… quelquefois… ne pourrai-je vous aimer un peu comme ma femme ?

Elle avoua qu'elle avait peur, une peur affreuse. Un homme se croit toujours capable de rassurer une femme qui a peur de cette façon-là. Il se dit : « C'est ignorance, c'est chasteté. » Il ne se dit jamais : « C'est répugnance »… Et puis, un ogre affamé qui flaire la chair fraîche jurera de n'en prendre qu'un tout petit morceau si l'on exige de lui cette promesse héroïque. L'essentiel est de commencer… Un peu, c'est beaucoup plus que rien. Lafarge, qui n'avait rien eu de Marie, trouva qu'« un peu » d'elle, valait d'être acheté par une promesse difficile à tenir… La tiendrait-il ? On verrait bien.

« Je veux tout ce que vous voulez, petite originale. Je vous aime comme un fou. »

Et ce fut ainsi que Marie Cappelle, de son propre aveu, *accepta ses nouveaux devoirs.*

Qu'entendait-elle par ces mots lorsqu'elle les rapportait, dans ses Mémoires, bien longtemps après cette promenade au clair de lune et cette conversation ? Un temps devait venir où elle se poserait en martyre – et même en vierge ! – et prétendrait que jamais Charles Lafarge n'avait obtenu d'elle que les plus chastes baisers. Mais Charles Lafarge n'était pas homme à se contenter de la petite oie. Ses lettres, publiées lors du procès, attestent l'intimité complète des époux. On peut croire que cette intimité commença dès la belle nuit brillante d'étoiles, où Marie accepta ses nouveaux devoirs. Il est certain que le 22 août les Lafarge occupèrent la même chambre à deux lits lorsqu'ils rendirent visite à leurs parents l'Uzerche. Et l'espace entre les deux lits n'est pas infranchissable.

Il n'y eut pas d'explications avec Adélaïde Lafarge. Une femme, même âgée et bornée, sent, comme par des antennes, le moindre changement dans la vie intime d'un couple, et Charles ne put pas, ne voulut pas cacher à sa mère qu'en prenant ses « droits de mari » il reconnaissait à sa femme tous ses droits d'épouse.

La vieille dame vint, triste et grave, remettre à la jeune femme les insignes de la puissance domestique : les clés.

« Désormais, Marie, vous gouvernerez la maison, comme je l'ai fait moi-même quarante ans, avec ordre, économie et prudence. »

La belle-fille fit la généreuse. Elle refusa les objets sacrés qu'on lui mettait dans les mains. Alors Charles exigea qu'elle prît ce trésor qui lui appartenait, de par la coutume et la raison. Maîtresse au Glandier, elle s'attacherait au Glandier.

On commanda seulement un second trousseau de clés pour Adélaïde Lafarge.

Chapitre VII

Uzerche est une ville très ancienne, élevée sur un promontoire à pic, dans une boucle de la Vézère. Vue d'en bas, elle dresse contre le ciel la découpure fantastique de ses clochers romans, de ses remparts à poternes, de ses tourelles pointues. Cela compose une masse architecturale étrangement hérissée et dentelée. De vastes lucarnes en accent circonflexe brisent les lignes irrégulières des toits. Sur la pente roide qui descend vers la rivière, des murs de soutènement retiennent des jardins sans profondeur, dont les touffes vertes rompent la sévère uniformité de la pierre sombre et de l'ardoise presque noire. À l'intérieur de la ville, les rues montantes ou tournantes, aux brusques déclivités, passent sous des portes gothiques, entre des maisons qui ressemblent à des forteresses, et qu'on appelle dans le pays des châteaux.

Quand le soleil se glisse dans ces rues austères, il fait jouer la lumière et l'ombre sur les façades armoriées, Uzerche prend l'accent méridional qui est particulier aux villes du Limousin et du Périgord. Par les temps pluvieux, elle s'éteint et se renfrogne, rébarbative comme une vieille armure vide.

Cette cité médiévale est la petite patrie de la famille Pontier. Au XVIIIᵉ siècle, Jean Pontier y présidait le tribunal. Il fut le père de Joseph Pontier, le receveur des finances de La Châtre, de Raymond Pontier, le chirurgien-major, et de trois filles qui devinrent Mᵐᵉ Jean-Baptiste Lafarge, Mᵐᵉ Panzani et Mᵐᵉ Materre.

Mᵐᵉ Panzani, inoffensive et ridicule, habitait la propriété du Saillant. Les Joseph Pontier vivaient à La Châtre, et Mᵐᵉ Lafarge au Glandier, mais tous et toutes aimaient se retrouver à Uzerche, soit chez le capitaine Materre, soit dans la maison de famille, où demeurait le docteur avec sa femme, sa fille Emma, ses deux fils Henri et Franc. Quantité de cousins et d'arrière-cousins étaient reçus dans une hospitalité large et facile. Telles étaient les mœurs du temps. Les gens voyageaient très peu hors de leur province, mais ils circulaient beaucoup dans cette province même. Les femmes ne craignaient pas de monter à cheval, suivies d'un domestique qui portait leur valise en croupe, et elles allaient ainsi par des chemins défoncés où se fussent brisées les voitures. On ne se souciait guère du confort. Pourvu que la chère fût abondante et le couchage moelleux, on s'entassait dans les vastes chambres à alcôve, isolées des corridors par des antichambres particulières, flanquées de cabinets noirs, éclairées par des fenêtres qui ne fermaient jamais très bien. À deux, à quatre, on dormait là. On s'y lavait dans les cuvettes minuscules posées sur des consoles d'acajou. On y recevait les vents coulis, mal arrêtés par des paravents de papier peint et des rideaux de percale toujours relevés dans leurs embrasses. En été, l'on fermait les contrevents, parce que le pays est déjà méridional et que les méridionaux aiment l'ombre. L'hiver, on grelottait, malgré châles et pèlerines, parce que le feu, dans les chambres à coucher, est malsain, mais, le soir, solennellement, la servante installait le *moine* sous les couvertures, et cette armature d'osier, qui retenait un réchaud suspendu, bombait dans l'alcôve comme un dos d'hippopotame.

Ce fut dans une de ces chambres – analogue à celles du Glandier – que s'installèrent Charles et Marie Lafarge, chez leur oncle Materre. Leur tante Pontier logeait aussi dans la maison, et l'inévitable Clémentine.

Dès le premier soir, Marie Cappelle « Mme Charles », comme on disait en famille, sentit converger sur elle toutes les curiosités bienveillantes ou malveillantes. Sa légende l'avait précédée. On savait qu'elle était très élégante, habituée au plus grand monde, très riche – croyait-on – et qu'elle n'aimait guère son époux. Bien des personnes avaient lu, ou connu par ouï-dire, l'extravagante lettre du 15 août. Pourtant, le ménage semblait avoir conclu la paix. Mme Charles était aimable pour son mari, et il était amoureux d'elle, et non moins orgueilleux qu'amoureux, à sa manière un peu rude.

Présentée à sa nouvelle famille, Marie jugea promptement ces oncles, tantes et cousins, selon leur valeur, et selon ce qu'elle en pouvait attendre. Il y avait Barthélemy Materre, chef de bataillon en retraite, brave homme qui avait été un brave soldat, sa femme Louise, née Pontier, sa fille Amélie, le cher Dr Pontier, ses fils, sa fille Emma, et M. Brugère, qui passait pour être très méchant, parce qu'il était très spirituel. Cet homme redouté n'effraya pas la Parisienne, experte à la légère escrime de la conversation. Elle s'amusa de lui comme il s'amusa d'elle, tandis que le Dr Pontier souriait à sa protégée, et que les femmes pinçaient les lèvres. Marie aurait dû s'efforcer de leur plaire. Son instinct railleur perçait sous la politesse cérémonieuse qui est obligatoire en province lorsqu'on n'est pas encore intime. Elle aimait briller. Elle brilla. Elle brilla trop et trop longtemps. Elle eut beau faire l'aimable auprès des cousines, elle voyait les ridicules de ces dames. Elle pensait que la tante Materre ressemblait à un vieux pastel déteint, qu'Amélie, la noiraude, était trop laide pour se permettre d'être méchante, que la tante Philippine assommait tout le monde avec ses minauderies de petite fille et son grotesque amour pour Zéphirine. Les hommes plaisaient mieux à Marie, et elle leur plaisait aussi. Les femmes s'en aperçurent vite et ne le lui pardonnèrent pas. Une, cependant, par exception, subit l'extraordinaire charme qui s'exerçait sur la gent masculine. Timide et douce, très brune avec des cheveux frisés et un joli teint d'ambre, Emma Pontier considérait sa cousine parisienne comme une créature prodigieuse, l'oiseau bleu des contes, capturé par un rustaud, et condamné à chanter dans une basse-cour, parmi de vulgaires volatiles.

Ces passions de jeunes filles très pures pour des femmes qui leur semblent supérieures à tout ce qu'elles connaissent, participent de la confiance filiale, de la liberté fraternelle, du respect du disciple pour le maître, de l'enthousiasme amoureux, de la vénération mystique. Le besoin d'aimer s'y contente avec le besoin d'admirer. C'est un culte innocent, ce que les pensionnaires appellent « une flamme », préfiguration de l'amour que l'amour éteint dès qu'il paraît.

Emma Pontier était encore une adolescente à peine sortie du couvent, sentimentale et pieuse, un tendre petit cœur tout neuf, absolument ignorant des réalités de l'amour. Il y en avait beaucoup, en 1839, de ces filles chastement romanesques, qui voyaient le monde réel à travers leur voile blanc d'enfant de Marie. Figures charmantes que le mariage et la maternité laissaient toujours un peu virginales, figures de pénombre, enfermées dans les vieilles maisons où leur vie s'écoulait comme s'était écoulée la vie de leurs mères et de leurs grand'mères, toutes dévouées à d'humbles devoirs, souvent sacrifiés, toujours résignées. Que reste-t-il d'elles après un siècle ? Un nom qui flotte dans les souvenirs d'une famille, ainsi qu'un pétale de fleur sur des eaux dormantes, quelques bibelots conservés à titre de « curiosités », des portraits, souvent médiocres, toujours attendrissants par les bandeaux plats, les corsages « à châle » pudiquement croisés sur les guimpes modestes, les manches traînantes, la suavité conventionnelle des visages à la bouche petite, aux grands yeux.

L'épreuve de la présentation tournait à bien pour Marie, et Charles Lafarge, qui avait voulu éblouir ses parents par la beauté, l'esprit, les hautes relations et les superbes toilettes de sa « petite cane », était si content que, dans l'alcôve conjugale, il bavarda toute la nuit. Ne fit-il que bavarder ? C'est un point d'histoire qui reste obscur. On peut, connaissant son tempérament et son humeur, conjecturer qu'il bavardait peut-être comme le coq chante. Le lendemain, Mme Lafarge ne parut ni contente, ni fâchée. Elle fit grande toilette et le couple s'en fut, en cérémonie, rendre ses visites de noces.

Dans les petites rues dont le pavé offensait les chaussures trop fines, on vit passer la jeune femme vêtue de la traditionnelle robe de soie, coiffée de l'obligatoire capote à brides, et Lafarge tout engoncé dans sa redingote à haut collet. Trente visites en un jour ! D'abord chez les parents, puis chez les amis de la famille, sans oublier le pharmacien Eyssartier, dont la boutique est le temple sacré des remèdes qui guérissent et des poisons qui tuent. On frappe à des portes très vieilles, en bois épais, garnies de clous, qu'encadre un jambage de granit, que surmonte un écusson martelé. On traverse des cours où fleurissent des marguerites en pot et des lauriers-roses en caisse, mi-jardins, mi-dépotoirs, salies de détritus repoussés des seuils par le balai négligent. On pénètre dans des vestibules voûtés, dans des corridors obscurs. On monte des escaliers dont la spirale gracieuse s'enroule à un arbre de pierre. On trouve, dans des salons presque jamais ouverts, des dames faussement surprises par la visite qu'elles attendaient, et, quelquefois, on est reçu tout simplement dans la cuisine, capitale du royaume domestique, qui remplace, pour certaines ménagères, le salon et le boudoir.

Ces rites accomplis, quelle détente, quel repos, l'on trouvait enfin, chez le meilleur des oncles, au Château-Pontier.

Le Château-Pontier existe encore. Une haute maison de granit, à pic sur la route qui borde la Vézère, quatre tourelles en poivrières, un grand toit d'ardoise sombre, des fenêtres irrégulièrement percées. Les pièces qui sont au rez-de-chaussée du côté de la cour, sont au troisième étage du côté de la rivière. Là, demeurent encore les descendants du Dr Pontier, qui ont connu en leur enfance certains personnages – alors très âgés – d'un drame bientôt centenaire. Il y a encore une Emma Pontier au Château-Pontier, et sur les murs du salon où elle se tient, où elle reçoit ses hôtes avec bonne grâce, on peut voir les portraits du médecin-major, de son frère le receveur des finances, de la tante Philippine Pontier. On y peut même voir, empaillée, un peu offensée par les mites, sa petite tête sèche dressée, ses yeux de verre noir un peu ternis… la levrette chérie de cette dame : Zéphirine !

Lorsque Marie Cappelle anima cette maison de son rire charmant, lorsqu'elle s'y assit en l'un de ces fauteuils d'acajou couvert de velours d'Utrecht rouge, le Château-Pontier n'était pas différent de ce qu'il est aujourd'hui. La vue sur le faubourg d'en bas, sur le pont, sur la Vézère rapide, moirée de bleu et d'argent par les reflets des nuages, s'offrait presque identique, aux yeux de la jeune Mme Lafarge, mais les portraits n'étaient pas au mur et Zéphirine, bien vivante, remuante et gémissante, sautait, sans y être invitée, sur la robe de soie de Marie.

Le lendemain fut tout pareil à la veille, et la seconde nuit à la première nuit. Enfin la tournée des visites s'acheva. Celles qui restaient à faire étaient moins ennuyeuses : chez le comte de Tourdonnet, à Saint-Martin, chez les Deplaces, à la Grenerie, chez la tante Panzani, à la Côte. D'abord, le Dr Pontier voulut emmener sa nièce à la Grenerie pour la divertir des entretiens culinaires. On partit, entassés dans le briska, et Marie eut le plaisir mélancolique, de trouver, parmi de belles forêts, un château qui ne ressemblait pas au Glandier, un maître de forges qui ne ressemblait pas à Charles Lafarge, une femme âgée qui ne ressemblait pas à sa belle-mère, et une jolie femme heureuse à laquelle la pauvre exilée aurait bien voulu ressembler. Ce retour à la civilisation, après un séjour en pays barbare, lui fit du bien, assura-t-elle. Il lui fit aussi du mal. Comparer, c'est juger. Marie, en revenant de la Grenerie, où elle avait respiré l'atmosphère d'un paradis ancien, où elle avait retrouvé quelque chose de Villers-Hellon, considéra Lafarge sans complaisance. Elle avait essayé de se tromper elle-même sur ses sentiments conjugaux. Elle était entrée dans le personnage de l'épouse soignée ; elle en avait joué le rôle, tel que l'avait conçu pour elle le Dr Pontier… Tout à coup, le décor et le masque tombaient. Elle redevenait la révoltée, une révoltée qui avait fléchi, qui, par persuasion et par calcul, se démentant elle-même, était entrée au lit du tyran.

Cette idée l'humiliait dans son âme orgueilleuse autant que dans sa chair glacée, qui ne s'échaufferait jamais pour Lafarge, jamais pour aucun homme. Elle était une cérébrale et rien qu'une cérébrale. L'amour qu'elle pouvait ressentir n'était qu'une ivresse de l'imagination, qu'une volupté de plaire, de dominer par une savante faiblesse, et de posséder sans se livrer ; comédie ou tragédie intérieure où l'on est à la fois l'auteur, le théâtre et l'héroïne.

Ce retour de la Grenerie sous une averse orageuse, la pluie fouettant jusqu'au-dedans du briska, les rafales menaçant d'arracher la capote, et aussi le ciel noir, ces paysages mouillés, comme cela ravivait dans la pensée de Marie l'affreux souvenir de son arrivée au Glandier ! Le contact de Charles lui devenait intolérable. Elle le voyait comme elle avait essayé de ne plus le voir : laid, pis que laid : vulgaire, et la répulsion physique, si péniblement vaincue, s'exaspérait aux souvenirs d'une possession récente, humiliant supplice que les heures prochaines allaient, hélas ! renouveler. Quand le dégoût est dans le sang, les nerfs, les moelles de la femme, quelques-unes le surmontent par vertu ou par intérêt ; mais, chez presque toutes, l'effort même l'accroît qui voudrait le détruire, et il devient la haine froide, la haine aveugle, inexplicable pour ceux qui la constatent sans en deviner l'origine.

Il y avait un grand dîner de famille, ce soir-là, chez les Materre, un dîner très copieux, interminable.

Marie dut manger sans appétit et sourire sans gaieté. Arrivée frissonnante et grelottante, un rhume commençant la faisait trembler et brûler. À dix heures, elle prévint sa tante Materre et sa tante Pontier qu'elle était souffrante et qu'elle allait se retirer.

Mme Pontier lui tâta le pouls.

« Ma pauvre Marie, vous avez la fièvre. Couchez-vous bien vite. On vous donnera de la tisane. »

Lafarge entendit cette conversation. Il s'inquiéta, Marie malade !… Sa petite femme ! Sa petite cane !… Elle allait se coucher ?… Très bien… lui aussi… Il la réchaufferait…

La petite cane préférait se réchauffer toute seule sous le gros édredon en duvet d'oie. Elle dit à ses tantes que Charles avait la manie de parler jusqu'au matin. Et il ronflait quand il ne parlait pas. Impossible à une femme nerveuse, malade, de reposer dans un lit voisin…

La tante Materre comprit très bien ces raisons. Elle décida :

» Charles prendra la chambre de Clémentine qui restera près de Marie pour la soigner. »

Charles ne fut pas content, et, comme il avait mangé beaucoup et bu davantage, il était excité nerveusement et très irritable. Une discussion commençait que la tante arrêta :

« Allez vous reposer, Marie, et vous, Charles, soyez raisonnable. »

La jeune Amélie Materre écoutait curieusement. Charles, oubliant qu'on ne parle pas de certains sujets devant une demoiselle, s'épancha auprès d'elle.

« On veut m'empêcher de coucher avec ma femme !… On verra bien ! »

∗　∗　∗

Toute la maison dormait. Il était onze heures. Le vent chassait les nuages au-dessus des toits et les tourelles d'Uzerche. Dans les rues obscures où clignotaient quelques réverbères pendus à des cordes, il n'y avait guère que des chats quêtant leur vie parmi les déchets des cuisines.

Tout à coup, dans la maison Materre, une fenêtre ouvrit. Des cris, des jurons, des sanglots éclatèrent, brisant le silence nocturne. Les chats effrayés s'enfuirent. Des volets claquèrent. Des têtes en bonnet de nuit parurent aux croisées. Quoi ?… Qu'y a-t-il ?… Des voleurs ?… Des assassins ?… Faut-il crier au meurtre ?… Faut-il appeler les gendarmes ?… Est-ce un ivrogne qui bat sa femme ?… Est-ce un jaloux qui a surpris, en flagrant délit, un couple d'amants ?… Avez-vous entendu ces vociférations ?… Avez-vous vu cette forme blanche qui s'est penchée sur la fenêtre comme pour sauter en bas ?… Elle s'est retirée au dedans… Oh ! oh !… Il se passe quelque chose chez les Materre… Maintenant, l'on aperçoit des lumières derrière les volets ; des gens mal éveillés, affolés, en costume de nuit, portant des chandelles, vont au secours de la victime – s'il y a une victime… Quelqu'un sort de la maison, courant vers le Château-Pontier. On va chercher le docteur ; il arrive. Le voici. Il entre. Le silence se fait. On ne saura rien ce soir… Les têtes en bonnet de nuit se retirent. Les volets se referment. Les chats, rassurés, frôlent le bas des murs. Et la demie de minuit sonne.

Le Dr Pontier, accouru chez son beau-frère, avait appris sans trop de surprise, hélas ! ce qui s'était passé. Ce butor de Charles avait voulu forcer la porte de sa femme malade. Armé d'une vrille, il avait essayé de démonter la serrure. Le bruit de cette opération avait réveillé Marie et Clémentine. Mme Lafarge, se précipitant hors du lit, avait ouvert la porte et s'était réfugiée dans un cabinet qui servait d'antichambre, pendant que Lafarge criait :

« Je suis le maître. Je veux entrer. Ce n'est pas vous que je demande, c'est ma chambre. Rendez-la-moi et allez au diable si cela vous plaît ! »

Il s'était jeté sur le lit, saisi par une de ces crises où il se tordait en hurlant. Les deux femmes avaient essayé de sortir. L'antichambre était fermée à clé. Alors, elles avaient crié par la fenêtre et Mme Materre, réveillée, avait alerté toute la famille. On avait fait quérir le docteur et aussi un serrurier.

Le serrurier venait de faire son office quand le docteur entra dans le cabinet où Marie Lafarge était assise sur une chaise, calme, froide, tenant un livre qu'elle lisait ou feignait de lire, comme pour bien montrer qu'elle était indifférente au drame ridicule qui se jouait. Un châle couvrait à peine son vêtement de nuit. Elle avait les pieds nus. Ses épais cheveux noirs, défaits, tombaient sur son cou.

Derrière le docteur, les deux tantes et la jeune Amélie, diversement affublées de bonnets, de papillotes, de robes de chambre, de pantoufles et de fichus, avaient pénétré dans le cabinet.

On entendait toujours les cris et les plaintes de Lafarge.

« Venez, Marie, venez ! » dit Mme Pontier qui, dans son émotion, oubliait Zéphirine. La pâle, lente et compassée Mme Materre suppliait aussi sa nièce, et Clémentine, qui était allée voir Monsieur, revenait épouvantée :

« Ah ! Madame ! C'est affreux... Ces cris... N'allez pas auprès de Monsieur surtout. Il vous ferait mourir de peur. »

Le docteur rejoignit sa nièce dans l'appartement des tantes.

— Rien de grave, dit-il. Charles a bu un peu trop de champagne. Il est sobre, d'habitude. C'est une attaque de nerfs. Il est sujet à ces crises, malheureusement. Couchez-vous, ma pauvre Marie. Je vais vous donner une potion calmante.

— Je ne supporterai pas deux scènes de ce genre, dit Mme Lafarge... Je partirai... J'irai à La Châtre, avec ma tante Philippine...

— Charles se repent déjà... Il voudrait vous voir.

— Et moi, je ne veux pas le voir. Je suis profondément blessée. Vraiment, ce serait trop commode s'il suffisait de quelques mots de repentir pour faire pardonner des colères aussi injustes que brutales.

Le docteur était, au fond, dans les mêmes sentiments que cette nièce, si charmante et si malheureuse, dont il avait pitié. Mieux que personne, il savait ce que valait Charles en bien, en mal, au moral et au physique. Violent et faible, et détraqué, malgré sa taille et sa corpulence d'athlète. Pas un méchant homme, non ! Et il aimait sa femme ! Mais elle, comment aurait-elle pu l'aimer ? Ah ! pauvre, pauvre petite ! Elle aurait mérité un autre compagnon. C'était aussi l'avis d'Emma, qui chérissait déjà sa cousine comme une sœur.

Charles fut humble le lendemain. Il pleura. Il se jeta aux pieds de sa femme. Il lui baisa les mains follement. Et il fut convenu qu'on ne parlerait plus jamais de cette triste nuit.

* * *

Tout se sait dans les petites villes. On sut que Charles Lafarge avait bu trop de champagne et qu'il avait été fort malade, d'où la terreur de sa femme et de sa famille. Cela fit rire les gens que ce gros gourmand fût puni par où il avait péché. Il semblait bien guéri, ayant cuvé tout son vin, lorsqu'il parut au bal que donnaient, par souscription, les élèves du collège. Sa femme aussi était guérie et elle se posait en reine du bal, ce qui rendait diablement jalouses les dames de la localité.

Mais quelle toilette !

Tandis que ces dames d'Uzerche arboraient leurs plus belles robes, c'est-à-dire les plus riches de leur trousseau, faille, satin, gros de Tours ou gros de Naples, soieries lyonnaises si épaisses qu'elles auraient pu « se tenir debout toutes seules », tandis que les toutes jeunes filles se paraient de blanche percale et de naïf calicot, et que les demoiselles à marier se signalaient par l'ampleur d'un volant au bas de leur jupe et la grâce d'une rose piquée à leur chignon, Mme Charles Lafarge affectait une élégance orgueilleuse à force de simplicité, trop jeune pour une femme mariée, trop originale pour une demoiselle. Sa robe était de mousseline des Indes, ornée de vertes grappes de houblon, et Marie portait ces mêmes grappes dans ses cheveux d'un noir lustré. Affectation ! dirent les unes. Inconvenance ! dirent les autres, mais toutes les femmes étudièrent la coupe et la façon de cette toilette, et chacune se promit de la reproduire au prochain bal de l'année, espérant être seule à montrer tant d'audace, « comme cela se faisait à Paris. » S'il faut en croire Mme Lafarge, la petite Materre avait profité de la leçon. Elle était allée en cachette, cette noiraude Amélie, relever le patron d'un corsage de sa cousine : corsage décolleté fort bas sur une de ces guimpes froncées qu'on appelait des *modesties*. Seulement, Amélie Materre avait oublié la modestie, au propre et au figuré. Ses épaules et sa poitrine s'étalaient dans une indécente liberté. Marie Cappelle prétend même que le curé Boutin fit de cette exhibition scandaleuse le thème d'un sermon à la grand'messe… Laissons-lui la responsabilité de cette médisance qui pourrait bien n'être qu'une invention de la malice féminine.

Finies les visites, achevé le séjour à Uzerche, il fallait revenir au Glandier. Auparavant, des affaires appelaient M. Lafarge à Tulle. Il y conduisit sa femme, et l'oncle Pontier, de plus en plus fasciné par Marie, les accompagna.

Quand la voiture descendit la côte de Tulle, Mme Lafarge, écartant son voile, embrassa d'un regard curieux la capitale du Bas-Limousin. Uzerche est sur un éperon de rocher. Tulle est dans un entonnoir. Chacune de ces vieilles villes est exactement le contraire de l'autre. L'église d'Uzerche domine la pyramide des constructions qui semblent la porter. La cathédrale de Tulle jaillit du plus creux de la vallée étroite, et la pointe de sa haute flèche ne dépasse pas la ligne presque oculaire d'un horizon resserré. Le terrain plat est si limité que la ville le déborde. Elle remonte par tous ses faubourgs les pentes rocheuses, entassant ses bâtisses de granit, ses façades à double balcon, ses ruelles en escalier, ses toits d'ardoise, ses jardins. En levant la tête, on aperçoit, au-dessus des maisons, des bouquets de bois et des morceaux de prairie où des vaches paissent. La campagne couronne la cité.

Lafarge voulut présenter sa jeune femme à la préfète de Tulle, à quelques amis qu'elle trouva spirituels sans bonté ou méchants sans esprit, à quelques dames qu'elle déclara sottes et laides. En une phrase elle définit les Tullistes :

« Ils sont presque tous, dit-elle, avocats, avoués, médecins et ré-publicains. »

Le Dr Pontier était médecin et républicain ; il était même franc-maçon par tradition de famille. La boutade de Marie aurait pu l'offenser, mais d'elle il acceptait tout. Il se réserva seulement de lui révéler un jour que Mme de Genlis, dont elle parlait avec une dévotion quasiment filiale, avait fondé à Uzerche même une Loge de femmes, « la Fidèle Amitié », en 1781, lorsqu'elle séjournait au Puygrolier. Cette loge existait encore. Des dames honorables s'y faisaient inscrire. Mme Lafarge ajouterait bientôt son nom à cette liste. Elle aimait trop la liberté, elle détestait trop les préjugés et les conventions pour n'être pas républicaine.

Ainsi pensait le chirurgien, dont l'adolescence, nourrie de Voltaire et de Rousseau, s'était éveillée au bruit des tambours de la Révolution.

Il pensait aussi qu'il était doux de conduire, à travers les rues es-carpées de Tulle, cette femme incomparable qui parlait de tout et si bien, tour à tour philosophe et enfant, sensible et capricieuse, coquette et simple, variable comme le feu, le nuage, l'eau, l'ombre et la lumière. Et quels yeux extraordinaires, d'une douceur velou-tée, prenante, enveloppante, et quelquefois, comme à la dérobée, si étrangement durs.

Au bras du médecin, légère et câline, avec cette élégance de race qui se marquait au port de la tête comme aux inflexions de la voix, Marie parcourait les vieilles rues de Tulle. Les sabotiers qui tra-vaillaient dans leur sombre boutique, sous une arcade où pendent les sabots comme des régimes de grosses dattes brunes, les mar-chands de légumes et de fruits, la mercière qui montre dans sa vitrine une « Sidonie » de bois peint, coiffée d'un bonnet à barbes de dentelles, les épiciers, les bouchers, tout le peuple de la rue de la Barrière, de l'Alverge, du Trech, admira cette inconnue dont les amples volants balayaient le pavé, dont le mantelet laissait voir la taille mince. Avec son cavalier à cheveux blancs, elle traversa le pont de la Corrèze, devant le Palais de justice où la cour d'assises siégeait. Elle eut même la fantaisie d'assister à l'audience.

On jugeait une fille accusée d'infanticide. La salle était pleine d'un public populaire. Les jurés avaient l'air de s'ennuyer. Les magistrats, en robe rouge, n'étaient même pas terribles. Mme Lafarge regarda la salle aux fenêtres poussiéreuses, les gens assis sur des bancs, les juges, l'accusée hébétée entre les gendarmes indifférents.

« C'est donc cela, pensa-t-elle avec un sentiment de déception, c'est donc cela la justice humaine ! »

Cet appareil lui paraissait plus sinistre que majestueux et presque comique dans son tragique.

Elle toucha le bras du Dr Pontier.

« J'en ai assez, mon oncle, allons-nous-en ! »

Au banc de la défense, l'avocat de la prévenue s'était levé. Dès les premiers mots qu'il prononça, Marie Cappelle s'arrêta, retenue par cette voix qui s'élevait dans un grand silence.

Celui qui parlait était un très jeune homme, un débutant, court d'encolure, trapu, la face ronde, les yeux un peu saillants, le nez large. Pas beau, certes, mais quelle âme brûlante enflammait son regard, son geste, sa voix et toute la salle autour de lui !

Mme Lafarge demanda tout bas à Raymond Pontier :

— Quel est ce jeune avocat ? Il a un merveilleux talent…

— Il est de Treignac, dit le docteur. Il débute et je suis sûr qu'il ira loin. Il s'appelle Charles Lachaud.

Chapitre VIII

Les Buffière quittèrent le Glandier pour retourner à Fayes où ils avaient loué une forge. Ils emmenaient un ancien commis de Lafarge, devenu leur associé, M. Philippe Magnaud. Bien que cet homme fût peu séduisant – il était borgne et il aimait la plaisanterie grasse, – Marie Cappelle a insinué dans ses Mémoires qu'il était l'amant de la blonde Aména. C'est l'hypothèse classique que fait une femme lorsqu'elle déteste une autre femme : elle lui attribue des relations coupables avec tel ou tel, et ne se soucie pas de justifier une accusation hasardeuse. En réalité, Mme Lafarge exécrait sa belle-sœur et Philippe Magnaud, comme elle exécrait tous ceux qui avaient assisté à la scène du 15 août, tous ceux à qui Lafarge avait lu, dans sa folie de colère et de chagrin, l'extravagante lettre de sa femme. Elle sentait aussi que, malgré leurs amabilités réciproques, Aména se méfiait d'elle. Aména savait voir et entendre.

Aména pouvait être un témoin gênant, puisqu'elle n'était pas, comme Emma, une aveugle admiratrice.

Deux femmes restaient face à face : la belle-mère et la bru.

La belle-mère ne voyait pas sans tristesse le nouveau règne qui commençait. Ce Glandier qui avait contenu toute sa vie, elle ne savait pas s'il était beau ou s'il était affreux : c'était le Glandier, sa maison. Elle en aimait les moindres recoins, la voûte d'entrée, l'escalier de pierre, les corridors traversés de courants d'air, les chambres mal meublées, l'immense cuisine noire. Et cependant, pour flatter la fantaisie de sa Parisienne, Charles allait bouleverser l'ordre sacré des choses. Le Glandier ne serait plus le Glandier.

Est-ce que Marie ne parlait pas de transformer l'entrée en galerie gothique, en y perçant des fenêtres ogivales ! Est-ce qu'elle n'avait pas déjà mis au grenier les belles tentures rouges du salon ? Est-ce qu'elle ne proposait pas de changer ce même salon en chambre à coucher, avec des cabinets de bains, de toilette, de décharge ? Est-ce qu'elle ne prétendait pas convertir en salle à manger plusieurs petites pièces réunies ? Et même – ah ! comment supporter l'idée d'un pareil sacrilège ! – faire de la cuisine, de la vénérable cuisine, un salon ! Un salon gothique ! – cette femme avait la folie du gothique ! – bahuts sculptés, rideaux massifs, tapisseries, velours, cuir de Cordoue. Était-elle folle ou malade ? Toucher à la cuisine, ah ! Seigneur Jésus !

La cuisine, dans toutes les maisons respectables, est sombre parce que le sombre n'est pas salissant. Elle est encombrée parce qu'elle est hospitalière aux gens et aux bêtes. Les vieux s'y assoient dans l'âtre même, et ils posent leurs bols et leurs assiettes sur les pommes creuses des chenets. Les mouches y bourdonnent. Les poulets y cherchent leur vie dans les rognures et les épluchures. Les chats et les chiens s'y disputent la bonne place devant le foyer. Les gentils petits cochons, noirs et roses, y frétillent des oreilles et de la queue. On y sent les bonnes odeurs des viandes qui mijotent indéfiniment dans les poêlons de terre, de la soupe aux choux, de l'oignon « bien revenu », des cèpes farcis à l'ail, du poulet sauté, des flougnardes et des clafoutis, des tourtous et des crêpes. Et, le soir, les servantes y filent la laine ou le chanvre, à la clarté fumeuse du *chalelh*.

Toucher à la cuisine ! Quel coup pour Adélaïde Lafarge ! Et, cependant, la révolution se préparait. La terreur s'annonçait, et cette diablesse de femme de chambre, la Clémentine, était le premier agent du bourreau. Sous prétexte de propreté, elle secouait les matelas, les rideaux, le beau tapis de pied qui avait orné la commode et qui était rendu à sa destination première. Elle lavait, empesait, repassait toute la journée, aidée par Jeanneton. Et l'autre domestique, cet Alfred Montadier qu'on avait fait venir de Paris, un garçon de dix-neuf ans, poltron comme un lapin, on en avait fait un valet de chambre, un groom, à la mode anglaise !

Oui, c'était la fin des vieux usages que toutes les bonnes familles du Limousin observaient et qui les rehaussaient en dignité. Si des voisins arrivaient à l'heure de la collation, Madame leur offrait du thé comme s'ils avaient été malades, les pauvres ! Et ils devaient s'en retourner, l'estomac lavé d'eau chaude et mal lesté de galettes à la mode picarde, au lieu d'avoir absorbé de bons gâteaux du pays bien nourrissants, et d'avoir bu un coup de vieux vin. S'agissait-il de recevoir à dîner ? C'était bien pis. Madame ne permettait pas qu'on servît tous les plats à la fois, posés sur des réchauds, afin de réjouir les yeux avant la bouche, et de montrer que chez les Lafarge, on ne lésinait pas sur le boire et le manger. À la place des entrées et des rôtis, Madame mettait des vases de fleurs. Elle voulait réduire des trois quarts le menu, et supprimer au dessert les pâtisseries à sujets, les colombes en sucre et les papillons en nougat qui sont gentils, et qui donnent aux convives l'occasion de plaisanter délicatement. Elle aurait même voulu qu'on ne chantât pas au dessert. Elle ne s'attendrissait point quand une jeune demoiselle entonnait une romance de Loïsa Puget. Elle ne riait pas quand les messieurs, l'œil plissé, dodelinant de la tête dans les quintes de leur col, détaillaient les grivoiseries du Caveau qui faisaient rougir et pouffer les dames.

Des « pionniers » mis par Charles à la disposition de sa chère Marie nivelaient le terrain de la cour, dégageaient les arceaux rompus de la chartreuse. Madame les commandait, prenant elle-même le piédroit et le niveau.

Elle était bien fière, déjà, de ce qu'elle avait exécuté. Sa chambre n'était plus une chambre. C'était un salon.

Pour y arriver, il fallait, en haut de l'escalier, traverser un vestibule. Là, juste en face de l'escalier, il y avait une antichambre fermée, et dans cette antichambre ouvraient la porte de la chambre rouge, qui était celle de Charles, et la porte de la chambre de Marie, qui était ce fameux salon. Quand les rideaux de l'alcôve étaient tirés, on ne voyait plus les lits. On ne voyait que le piano, une belle commode, le métier à tapisserie de Mme Charles, ses livres sur des étagères, et une table couverte de papiers – car c'était encore une des originalités de cette personne, que d'écrire des lettres et des lettres à des gens de sa connaissance, et d'en recevoir aussi qu'elle lisait toute seule au lieu de les communiquer à toute la famille.

Ces lettres... De qui venaient-elles ? Des tantes de Marie, de sa sœur Antonine, d'amies parisiennes ? Peut-être aussi de ce « Charles » dont elle était amoureuse lorsqu'elle s'était mariée, « Charles » qui l'avait suivie à Orléans et à Uzerche. Elle prétendait maintenant que ce « Charles » n'avait jamais existé, qu'elle l'avait inventé comme un épouvantail, pour arrêter son mari au seuil de sa chambre et reprendre sa liberté...

Il n'existait pas ?... Voire. Mme Lafarge se demandait quand sa belle-fille avait menti, puisqu'elle avait menti au moins une fois. Et le Charles légitime, qui acceptait ces explications saugrenues, était aux mains de cette créature comme un pantin !

Elle savait si bien le prendre ! Elle le flattait dans son amour-propre. Elle se mêlait des affaires de la forge. Heureusement que, pour la conduite des affaires, Charles n'était pas seul. Il avait fait venir de Paris même un commis qui n'était pas du métier, mais qui était un de ces hommes capables, sérieux, bons à tout, un véritable homme de confiance. On l'avait installé au Glandier, dans une petite maison, avec sa jeune femme, cuisinière de son état. Il s'appelait Jean Denis. Un homme tout à fait bien, plein de respect pour les vieilles gens et particulièrement pour la mère de son patron.

Denis n'avait pas eu le bonheur de plaire à Mme Charles. Il avait été reçu plusieurs fois à la table des Lafarge. Eh bien, Mme Charles l'avait mortifié par des airs dédaigneux, sous prétexte que c'était un grossier personnage, insolemment familier, dont le langage, la tenue, la figure lui étaient désagréables.

Denis avait senti ce mépris et il le rendait à Marie en inimitié. N'était-il pas excusable ? Pour réparer l'injustice de sa belle-fille, Mme Lafarge mère avait invité le commis dans le seul endroit du Glandier où elle fût encore maîtresse, dans sa chambre. La bru n'y entrait jamais parce que cela ne lui plaisait pas d'y voir de jeunes dindons dans un coin – couvée fragile ! – quelques fromages qui mûrissaient sur une claie, et, devant le foyer, des casseroles et des cafetières. Marie se moquait de cette arche de Noé, de ce capharnaüm ! Elle racontait que sa belle-mère refusait de balayer, de laisser faire son lit où elle couchait tout habillée, mettant seulement pour la nuit son châle à l'envers, et le retournant à l'endroit le matin.

Adélaïde Lafarge savait que sa belle-fille ne l'aimait pas, qu'elle n'aimait pas Aména Buffière, qu'elle n'aimait ni la tante Pontier, ni la tante Panzani. Elle n'aimait que l'oncle Raymond et Emma, tellement assortis d'elle qu'ils semblaient ensorcelés.

Et Charles ? Elle était charmante pour lui, depuis qu'il lui avait parlé d'une invention encore secrète. Elle espérait qu'il ferait fortune...

*   *   *

Lafarge se croyait sur le chemin de la richesse.

Bon maître de forges, ayant appliqué son intelligence aux choses de son métier – exclusivement – il cherchait depuis longtemps un moyen de traiter le fer plus simple et moins coûteux que le système ordinaire. Au Glandier, comme dans toutes les forges, le minerai fondu au feu était coulé dans des rigoles de sable et formait en se refroidissant les barres ou gueuses de fonte, qui devaient subir une seconde fusion pour se délivrer des gaz impurs et devenir du fer brut. Ces deux opérations compliquaient beaucoup le travail, Charles Lafarge chercha donc et trouva une méthode nouvelle qui permettait de couler directement le minerai dans les fourneaux d'affinage, économisant ainsi le temps, le charbon et la main-d'œuvre.

Le succès serait consacré par un brevet. Le brevet serait la garantie de bénéfices considérables, et Lafarge sortirait enfin de ces embarras terribles dont sa mère, son beau-frère, sa sœur mesuraient à peine la gravité ; embarras que Marie ne soupçonnait pas et qu'un seul homme connaissait réellement : Denis, étrange individu qui avait seul la confiance de son maître. Cette confiance inexplicable, la jeune Mme Lafarge y voyait-elle un danger ? Elle était très jalouse de son influence sur son mari, dont elle partageait les ambitions. Elle se passionnait pour les recherches qu'il faisait et le soir elle écrivait sous sa dictée le résumé de ses études. Son écriture, fine, penchée, emmêlée, hésitait parfois sur les mots techniques. Charles lui en expliquait le sens. Cela se passait dans la chambre rouge, qui servait de bureau à Lafarge. Entre les deux fenêtres, il y avait un placard pratiqué dans l'épaisseur du mur, et ce placard renfermait un secrétaire en noyer. Double cachette pour les papiers importants et les objets précieux. Lafarge y serrait ses documents et sa correspondance.

Bien souvent, durant ces soirs de septembre déjà frais de toute l'humide fraîcheur du vallon, les deux époux, rapprochés par un même intérêt, se représentèrent leur existence toute changée lorsque l'exploitation du brevet espéré les aurait faits riches. Marie achèverait la transformation commencée du Glandier ; elle recevrait dans un vrai château ses amis et sa famille. Elle aurait une petite fille et un petit garçon qu'elle élèverait « à l'anglaise », qui apprendraient l'anglais, l'allemand et l'italien au berceau. Elle passerait la moitié de l'année à Paris, et sur la scène du monde où elle avait tenu des rôles de comparse, elle reparaîtrait, non plus comme la jeune orpheline errante, prise en pitié par des amis puissants, non plus comme la pauvre Marie que Mlle de Nicolaï osait offrir en mariage au frère de sa gouvernante, non pas comme la femme d'un petit maître de forges corrézien, si rude qu'elle en avait honte. Elle serait alors un personnage de premier plan, Mme Charles Pouch-Lafarge, épouse du grand industriel millionnaire. Et le grand industriel, élu député de la Corrèze, deviendrait un homme politique, un ministre. Plus tard, leur fille ferait un magnifique mariage. Leur fils se destinerait à la diplomatie. Quelle revanche sur le destin qui avait déçu les espoirs de la jeune fille en l'enterrant vivante dans ce sinistre Glandier !

Toutes les jeunes femmes rêvent devant le vaste avenir. Dans les rêves de Marie, l'imagination incohérente réalisait surtout une revanche attendue. C'était le désir exaspéré de cette revanche, c'était le besoin d'échapper à la vie médiocre, à cette morne maison, à cette ridicule belle-mère, à ces « Pourceaugnac » d'Uzerche et de Vigeois, c'était ce moteur secret, et lui seul, qui commandait les actes de Marie Cappelle.

*   *   *

Un soir, Charles Lafarge apporta un échantillon de fer qu'il remit à sa femme.

« L'épreuve est faite, » dit-il en exultant de joie.

Marie l'embrassa et, désormais, elle le tutoya comme il la tutoyait. Il avait bien mérité cette récompense.

À présent il s'agissait d'exploiter l'invention, d'en tirer des profits réels et palpables. Pour appliquer la méthode qui allait bouleverser la métallurgie, des capitaux étaient nécessaires.

Lafarge manquait d'argent disponible. Il dut l'avouer à sa femme, sans aller jusqu'au bout de son aveu, sans lui dire que ses affaires étaient en très mauvais point ; qu'il avait des dettes ; que les terres qui entouraient le Glandier et qu'il prétendait siennes, ne lui appartenaient pas plus que les domaines du marquis de Carabas. Il recula devant cet aveu qui en eût entraîné d'autres plus graves. Une femme très amoureuse pardonne tout à celui qui enchante son cœur et sa chair. Mais Marie, dont toute l'ardeur était dans le cerveau, aimait-elle son Charles jusqu'à la suprême indulgence ?

Il n'osa pas courir cette chance. Il fit comme elle faisait : il dissimula. Marie comprenait bien qu'il lui fallait de l'argent et que cet argent, Charles ne le trouverait pas dans un pays pauvre, sans relations directes avec les banquiers de Paris. Elle songea donc à ses amis, à sa famille, qui seraient trop heureux de lui rendre un service tout en faisant – croyait-elle – une bonne affaire.

Le prestige de Lafarge ne fut jamais plus grand aux yeux de Marie que dans ces jours tout éclairés d'espérance. Elle entra dans un personnage nouveau : celui de l'épouse dévouée, et elle dut, par moment, confondre cette créature touchante avec la véritable Marie et ne plus très bien savoir si elle était l'ange imaginaire ou la femme réelle. Cette confusion tendait à devenir un état normal. Dormeuse éveillée, menteuse sincère, fabulatrice qui finissait par croire à ses fables, il lui était facile de prendre ce regard et cet accent qui semblent venir de l'âme et dont on dit « qu'ils ne trompent pas ».

Vers cette époque, elle fut prise d'un malaise – réel ou simulé, nul ne le sut jamais. Charles s'effraya, pleura, et, quand le médecin arriva au Glandier, on lui dit que la jeune Mme Lafarge avait eu une congestion cérébrale, que son mari l'avait sauvée « *en lui plaçant des sinapismes aux pieds, de l'eau glacée sur la tête et en lui baignant les mains dans de l'eau bouillante* ». Le Dr Bardon écouta poliment ce récit tragique et déclara que la jeune femme n'avait jamais couru le moindre danger. La malade lui sut très mauvais gré de ce diagnostic rassurant. Elle voulait absolument avoir été en péril de mort et sauvée par son Charles, par son bien-aimé Charles. Elle manifesta même l'intention de faire un testament en faveur de son mari. Clémentine, qui savait tout, connut ce noble projet et se hâta d'en informer M. Lafarge. Comme dans Corneille, les deux époux rivalisèrent de générosité. Lafarge voulut, lui aussi, faire son testament en faveur de « sa bonne Marie » et il l'écrivit, le même soir, en ces termes :

Aujourd'hui, 28 octobre 1839, je soussigné Charles-Joseph-Dorothée Pouch-Lafarge ai fait mon testament olographe comme suit :

Je donne et lègue à Marie-Fortunée Cappelle, ma chère épouse, tout ce dont la loi me permet de disposer, c'est-à-dire la totalité des biens que je possède en propriété, créances, successions échues ou à venir. Je ne fais ici aucun legs pour ma mère, ni pour ma sœur, mais, si cependant les affaires de mon épouse lui laissaient la facilité de pouvoir en disposer après sa mort, sans trop nuire à ceux à qui elle désire faire du bien, cela rentrerait au nombre de mes bonnes pensées pour ma mère et pour ma sœur, à qui je désirerais que ça revînt, sans que cependant on puisse voir dans cette dernière clause rien d'obligatoire pour mon héritière, m'en rapportant en tout aux bons sentiments que je lui connais. Je prie, en outre, ma bonne Marie de ne jamais oublier ma mère que j'aime tant ; surtout de ne point la quitter, la consoler de tous ses chagrins, la distraire et ne la laisser manquer de rien : aider ma sœur de ses bons conseils et de ses moyens pécuniaires si l'aisance et la fortune de ma chère Marie le permettent ; faire des aumônes aux pauvres qu'elle jugera convenables ; enfin se faire enterrer près de moi lorsqu'elle mourir (sic) ou faire transporter mes restes partout où elle devra être afin de les déposer dans le même tombeau, promesse nous étant faite de ne jamais nous quitter ici-bas pour nous retrouver un jour ensemble tous les deux dans le ciel.

Mon testament ainsi fait, qui contient toute ma volonté expresse, a été signé, daté et écrit en entier de ma main.

Aujourd'hui, à Glandier, le 28 octobre 1839.

CH. POUCH-LAFARGUE.

Ce document fut remis à Marie Cappelle, qui versa des larmes de reconnaissance et qui fit aussitôt un testament où elle donnait à son mari l'usufruit de tous ses biens, le principal devant revenir, après le décès de Lafarge, à Antonine de Violaine.

Le testament fut confié à Mme Lafarge mère et celui de Lafarge fut expédié à Me Legris, notaire à Soissons.

Mais, quelques semaines plus tard, à la veille de partir pour Paris, Lafarge écrivit un autre testament qui annulait le premier. Il léguait tous biens à sa mère et à sa sœur. Avait-il senti la profonde mésintelligence entre ces trois femmes, et, sachant que Marie Cappelle était riche, avait-il voulu assurer directement l'avenir de sa vieille mère et de sa sœur Aména tout en gardant le bénéfice moral d'un beau geste ?

C'était son secret, entre bien d'autres, car Lafarge ignorait tout de la vraie Marie, et Marie ne connaissait pas tout du vrai Charles.

*　*　*

Cependant, si Lafarge avait eu quelque expérience du tempérament féminin, dans ce qu'il a de complexe et de morbide, un incident singulier aurait pu lui donner à réfléchir.

Cela se passa dans le même mois que la comédie des testaments.

En jonglant avec des pommes, Charles brisa un carreau. Il se fût contenté autrefois de coller sur les restes de la vitre un morceau de papier blanc, mais Marie avait proscrit ces raccommodages économiques. On envoya quérir le vitrier à Uzerche : il était malade ; celui de Lubersac faisait ses vendanges et, par le trou de la fenêtre, le vent et la pluie d'octobre entraient librement dans la chambre déjà saturée d'humidité.

« Il y a une feuille de verre dans une armoire, dit Marie ; elle pourra remplacer la vitre cassée. »

La feuille de verre trouvée, on la mesura. Elle était trop grande.

Charles se désola.

— Comment la découper ? Il faudrait un diamant et nous n'en avons pas.

— Eh ! qui sait ?

— Tu as un diamant ?

Il savait bien que tous les bijoux de la corbeille étaient composés d'or, d'émaux et de perles. Sa femme lui avait montré la bague, forme chevalière, en émail bleu de roi sertissant une perle blanche, présent de la vicomtesse de Léautaud, le bracelet offert par le marquis Jules de Mornay, vieil ami de la famille Collard, les deux épingles-broches à têtes de perles, souvenir du général de Brack, parrain de Marie, plus une parure de turquoises et divers bibelots sans valeur. Pas le moindre diamant. Mme de Léautaud, qui avait vu les siens disparaître dans des circonstances mystérieuses, avait déconseillé à Mme Cappelle l'acquisition de ces pierreries trop coûteuses, et elle lui avait écrit à la veille de son mariage :

Surtout, ma bonne amie, n'achetez pas de diamants ; ils sont bien chers et ils donnent trop de regrets quand on les perd.

Excellent conseil, peut-être superflu, puisque la bourse de Marie Cappelle ne lui aurait pas permis cette folie.

Charles était donc tout penaud devant la feuille de verre inutilisable. Mais, déjà, Marie était montée dans sa chambre.

Elle revint, le visage éclairé d'une enfantine et joyeuse malice.

Elle apportait un sachet ouaté en satin rouge dont l'extrémité était décousue. Sur la paume de sa main, elle secoua ce sachet d'où tomba une pierre brillante.

— Qu'est-ce donc, Marie ?

— Un diamant !

D'autres glissaient, gouttes lumineuses qui remplirent la petite main. Il y en avait bien une centaine.

Lafarge, ébloui, s'écria :

— Mais c'est un trésor, c'est tout un trésor ? D'où tenez-vous ces richesses ?

Marie leva sur lui ses beaux yeux veloutés. Elle hésitait à répondre. Elle dit enfin :

— J'ai ces diamants depuis l'âge de huit ans. Ils avaient été confiés à une vieille bonne par mon ancêtre paternel. Cette bonne les a gardés jusqu'à ce que j'aie l'âge de raison et alors on me les a donnés, à l'exclusion de ma sœur, parce que, dans notre famille, les diamants appartiennent toujours à l'aînée... Maintenant, Charles, je vous les abandonne.

Lafarge, attendri, voulut refuser. Marie insista.

— Quand l'affaire de votre brevet sera terminée, vous gagnerez un million. Alors, vous m'achèterez pour soixante mille francs de diamants.

Lafarge ne put se tenir de parler à M. Magnaud des superbes bijoux de sa femme.

« J'ai, lui confia-t-il, éprouvé une heureuse surprise... »

Et à Jean Denis, il avoua un peu cyniquement : « On a bien des avantages à épouser une Parisienne. On trouve des richesses qu'on n'attendait pas... »

Chapitre IX

L'automne était venu. Le matin, quand on ouvrait les fenêtres, on ne voyait que le brouillard émané de la rivière. Tout le vallon du Glandier était un lac de vapeur, et l'humidité pénétrait la maison mal close, se condensant sur les murailles, amollissant les rideaux de percale blanche, soigneusement lavés et empesés par Clémentine. Dès l'aube, Mme Lafarge mère se levait à la chandelle, et trottait de sa chambre à la cuisine, affairée, méfiante, vieille petite ombre en bonnet blanc, enveloppée d'un châle noir. Elle faisait volontiers sa société des domestiques, de Marie Comby, dite Mion, la nouvelle cuisinière, d'Alfred Montadier, de Marie Valade, de Jean Bardon, le jardinier, à défaut de son grand ami M. Denis. Les bruits coutumiers du ménage, les voix paysannes qui crient comme en plein air, les sabots tapant sur les dalles du vestibule voûté, les abois des chiens, les piaillements des volailles éveillaient tous les échos des corridors et de l'escalier. M. Lafarge, avant d'aller à l'usine, entrait dans la chambre de sa femme. Clémentine était déjà chez Madame. Elle allumait le feu, qui fumait trop souvent parce que les cheminées tiraient mal avec leur vaste foyer sans rideau de tôle, qu'un cadre tendu de papier peint masquait ordinairement. Dans l'alcôve,

Marie frissonnait en se soulevant sur ses oreillers. Elle avait quantité de maux bizarres, variables selon la saison et la température. Des névralgies lui vrillaient les tempes. Son cœur battait trop vite ou trop lentement. Son estomac se contractait ou bien des nausées la prenaient, comme il arrive aux femmes enceintes. Avec toutes ces misères, sa résistance physique étonnait son mari. Néanmoins, il avait souci d'elle. Il lui reprochait de négliger une santé si chère. Il s'inquiétait parce qu'elle manquait d'appétit et il lui conseillait, selon sa thérapeutique limousine, l'emploi de sangsues, l'usage de tisanes, d'eau panée, de fruits bien cuits, de lait, de blanc de poulet. C'était une des expressions de son amour pour elle.

Car il en était de plus en plus épris. Il l'admirait et il la craignait aussi, ou plutôt il craignait qu'elle ne tombât réellement malade, d'ennui et de nostalgie. C'était pour elle qu'il voulait éviter la catastrophe menaçante, rétablir sa fortune grâce au brevet, et réaliser le passionné désir de Marie : vivre à Paris la moitié de l'année. Sinon, elle ne cesserait de languir et peut-être, un jour, dégoûtée du Glandier, déçue par un mari inférieur à ses ambitions, elle aurait envie de partir. Alors que deviendrait le pauvre Charles ?

Non. Pas cela. Jamais. Lafarge réussirait. Tous les moyens lui seraient bons, même ceux qu'il ne pouvait avouer à sa femme, parce que les femmes ne comprennent pas certains embarras, certains dangers... Un homme les comprend, un homme comme Denis, un dur-à-cuire, qu'on est heureux de trouver aux moments difficiles et pour les difficiles besognes.

Afin d'entretenir son courage, Charles regardait sa douce Marie, son trésor, petite figure pâle, en coiffe de nuit, avec des cheveux noirs qui bouclaient hors de la ruche de mousseline. La chemise montante, à manches longues, le fichu brodé, protégeaient les fines épaules, les bras élégants dans leur minceur, et tout le reste de la frêle personne disparaissait sous l'édredon. Charles se penchait pour embrasser sa femme. Il lui échappait de dire des mots qu'elle lui avait interdits :

« Ma petite biche... ma chatte... ma cane... mon rat... mon chou... »

Marie avait un recul mal réprimé lorsqu'il lui donnait ces noms d'animaux ou de légumes, et quand elle l'observait pour s'assurer qu'il était bien rasé, avec les ongles nets, la cravate à deux tours correctement nouée, elle avait un regard impitoyable, où passait une espèce de rancune.

Charles parti, elle respirait. Sa chambre était à elle seule. Le feu flambait. Le piano, la table, la commode entre les fenêtres, les étagères chargées de livres, les bois bien cirés et brillants, prenaient un air de luxe quand on les comparait au mobilier des autres pièces. Au coin de la cheminée, Clémentine avait placé un fauteuil, et un guéridon qui portait le plateau du petit déjeuner. Marie se levait. La brave fille, l'esclave adoratrice, à la tête folle, au grand cœur, lui passait de chaudes pantoufles et quelque douillette de chambre à revers et à brandebourgs, serrée par une cordelière. Elle versait le café et le lait dans la tasse de porcelaine à filet d'or. Madame buvait et mangeait du bout des lèvres.

Puis c'était la toilette. Clémentine, ayant lacé le corset à buse, agrafait les jupons, préparait l'eau tiède et parfumée dans la cuvette que Marie trouvait si petite ; et, enfin, elle coiffait Madame, démêlant les longs écheveaux noirs de la chevelure, séparant et lissant les bandeaux qui suivaient la forme de la tête et bouffaient un peu sous les oreilles, avant de se rouler en tresses sur la nuque. Ce temps de la coiffure, c'est celui où la maîtresse et la camériste causent volontiers, rapprochées par ces soins de la beauté, dans la simple familiarité d'une femme avec une femme. Que de souvenirs évoqués ! que de rappels de l'enfance, de la jeunesse heureuse ! Villers-Hellon, Paris… Clémentine avait été mêlée à toute la vie de Marie Cappelle. Enfant, un peu plus âgée que la fille de ses maîtres, elle se roulait avec elle sur les pelouses. Elle usait les robes de Marie et recevait en cadeau ses jouets défraîchis. Tous les êtres que Marie avait aimés, Clémentine les avait connus. Elle pouvait parler d'eux tous, sourire et pleurer lorsqu'une réminiscence faisait sourire et pleurer Madame. Elle avait été le témoin des épreuves de la jeune épouse. Elle avait entendu les fureurs de Lafarge à Orléans, à Uzerche. Ce sont des choses qu'on n'oublie pas. Madame avait pardonné, mais elle, Clémentine, pouvait-elle considérer Lafarge comme elle considérait le baron Carat ou M. de Martens, de vrais messieurs, des hommes du monde, qui savaient vivre ?

Le Glandier, si triste pour une grisette, paraissait à Clémentine beaucoup moins affreux depuis que le maître fondeur lui faisait la cour. Un bon ouvrier, riche de quinze mille francs, aussi amoureux de sa Parisienne que M. Lafarge l'était de la sienne, un peu épais et sans manières, comme Monsieur, mais plus beau garçon. Clémentine admirait sa figure (ce que ne pouvait faire Madame en regardant Monsieur) et elle déplorait la coupe de son habit...

« Épouse-le, disait Mme Charles. Tu l'éduqueras. »

Clémentine n'était pas décidée. Elle demandait du temps. Elle voulait sa liberté pour suivre Madame, si Madame avait le bonheur de retourner à Paris.

*   *   *

Lafarge revenait déjeuner à onze heures et il repartait avec Denis.

Le soleil, dans l'après-midi, prenait de la force. La brume n'était plus qu'une nuée transparente qui adoucissait les contours et les couleurs du vallon. Les asters violets, les sauges écarlates, les amarantes pourpres des jardins redressaient leurs têtes que l'eau de la nuit n'alourdissait plus. Une douceur dorée baignait les humbles choses : vieilles masures, toits gris, bouquets d'arbres jaunes, ciel laiteux, tout s'ennoblissait d'une sérénité rêveuse.

Mme Charles errait de la terrasse au jardin ; elle allait voir les pionniers qui travaillaient autour des ruines. Quelquefois, des visites arrivaient : les Fleyniat, ou le comte de Tourdonnet qui faisait une cour respectueuse à Mme Lafarge, ou le cher Dr Pontier avec Emma. Marie aimait tant son oncle Raymond ! On parlait des affaires de l'usine, des petits événements d'Uzerche. L'oncle racontait ses souvenirs de campagne. Il confiait à Marie ses projets : il se présenterait aux prochaines élections du conseil général.

Ses idées politiques étaient libérales. Fils de la Révolution, soldat de l'Empire, il croyait au progrès. Il voulait apporter à sa Corrèze arriérée les lumières de la civilisation, les bienfaits de la science.

Marie, enthousiaste, l'approuvait et il était attentif à ce qu'elle disait, parce qu'il la trouvait extraordinairement intelligente, supérieure à toutes les autres femmes qu'il avait connues. Elle avait l'expérience du monde. Elle avait vu de près des savants, des hommes d'État, des militaires illustres. Raymond Pontier ne se lassait pas de l'entendre parler du maréchal Gérard. Peut-être savait-il que le sang d'Orléans coulait dans les veines délicates de cette femme.

À côté d'eux, Emma, le cœur gonflé, prête à pleurer d'émotion délicieuse, écoutait le dialogue de ces deux êtres qu'elle mettait au-dessus du monde entier. Comme elle aurait voulu égaler son inégalable Marie, la perfection faite femme ! Elle se sentait, par comparaison, toute petite, ignorante et faible, une couventine encore hésitante au seuil de la vie réelle, n'avant pour modestes trésors que ses yeux noirs, ses joues d'ambre, son cœur ardent et naïf et ses illusions infinies.

Lorsque ni parents, ni voisins ne se présentaient, et que la courte journée d'automne semblait cruellement vide, Marie faisait seller Arabska.

Elle avait chargé son jeune cousin Henri Pontier de lui procurer à Uzerche un chapeau de cheval « bien républicain », c'est-à-dire à la mode masculine, et elle l'avait orné d'un voile de gaze verte assortie à la couleur de son habit. Droite sur la selle, sa longue jupe flottant jusqu'à toucher l'herbe haute, elle ressemblait aux belles amazones que peignait Alfred de Dreux.

Son domestique, le jeune Montadier, l'accompagnait.

Elle s'éloignait du Glandier par les chemins rocailleux, semés de bogues éclatées qui délivraient leurs petits fruits bruns et luisants. Les châtaigniers avaient déjà perdu leurs feuilles. Les prairies, d'un vert vif, cernées d'arbres étêtés, étaient piquées de colchiques mauves. Sur la lisière des bois, les derniers cèpes, imprégnés d'eau, pourrissaient.

Au delà des terres cultivées, sur quelque plateau balayé du vent, s'étendait la grande lande limousine, où des oiseaux sauvages s'arrêtaient près des étangs solitaires. À certains endroits, dénudés d'arbres, le ciel paraissait immense. La terre, aux confins de l'horizon, se soulevait en lointaines vagues bleues qui étaient les Monédières, pays des loups.

Car il y avait beaucoup de loups en Corrèze, comme en Dordogne. Il y en avait tellement, que Charles Lafarge avait dû faire des battues, avec l'équipage du lieutenant de louveterie, pour en purger les environs du Glandier.

On les entendait hurler la nuit, ce qui effrayait terriblement Alfred et Clémentine. Alfred redoutait de se trouver nez à nez avec les fauves, un soir que, dans les landes, Madame s'attarderait. Elle se moquait des terreurs de son rustique écuyer comme elle se moquait des loups. Eût-on jamais cru que cette femme si fragile fût si brave ?

Toute sa vie, elle avait aimé, elle avait cherché le frisson du risque, suprême volupté des êtres qui ne sont pas voluptueux, plaisir du joueur, plaisir de la froide séductrice. Maintenant, elle y trouvait l'oubli de ses déceptions et de ses résignations, défaites masquées en vertus. Marie Lafarge redevenait Marie Cappelle, et Marie Cappelle redevenait Diana Vernon. Dans la solitude des bruyères, une Écosse fantastique se déroulait. Ces montagnes, au loin, étaient-ce les Monédières ou les Highlands ? Ce chant de pâtre dont Marie ne comprenait pas les paroles, était-ce la charrette limousine ou la cornemuse écossaise qui le soutenait de son chevrotement plaintif ?

Le Glandier, la belle-mère, le mari, toutes les laideurs de la vie de ménage, toutes les mesquineries de la province avaient disparu ou n'avaient jamais existé. Diana Vernon est une belle vierge fière et libre. Tout à l'heure, quand surgira la lune pourpre au coin du bois, elle entendra le son d'un cor. Son page tirera, pour la défendre, le poignard qui pend à sa ceinture, sur le kilt aux couleurs du clan. Un cavalier viendra de la vallée, monté sur un cheval noir. Diana tournera la tête vers l'inconnu, prête à fuir s'il se révèle ennemi, et elle le reconnaîtra, Celui qu'elle attend depuis sa quinzième année, l'amant svelte et pâle au front orageux, à l'œil fatal, un peu Manfred, un peu don Juan : *Lui !*

Le brouillard recommençait à sourdre de la terre et des eaux dormantes. Les Monédières s'étaient effacées. Le soleil submergé, envoyait par-dessus la barre violette des nuages un rayonnement rose qui se décolorait très vite. Et le petit Montadier disait à Madame qu'il fallait rentrer, que tout à l'heure on ne verrait plus le chemin, que le loup, sûrement, suivrait les chevaux.

*   *   *

Elle revenait, comme une bête à l'écurie, avec un sentiment de colère accablée.

Elle traversait l'avenue aux peupliers défeuillés et mettait pied à terre sous la voûte sombre. Alfred Montadier emmenait les chevaux. Clémentine accourait, s'exclamait. Pourquoi rester si tard dans un pays désert et par cette saison malsaine ? Quelle imprudence ! Madame serait malade et Monsieur ne serait pas content. Vite ! des vêtements secs, du thé, un bon repos près du foyer.

Chauffée, séchée, Marie se réveillait de son rêve à la voix de Charles, à la voix de sa belle-mère. Bientôt, c'était l'heure de dîner. C'était la salle à manger lugubre, le couvert mal dressé, la conversation vulgaire de gens sans esprit et sans culture.

Elle revoyait les dîners chez ses oncles, le linge pur, les cristaux scintillants, les bouquets de flamme des candélabres, le service muet des valets, la causerie gracieuse ou sérieuse des convives. Tout était délicatesse, et raffinement.

Ah ! que Charles se hâte de terminer ses dernières expériences ! Qu'il parte ! Qu'il rapporte, avec son brevet et des capitaux, la certitude dont Marie a besoin pour ne pas mourir !

Quitter le Glandier. Vivre à Paris…

Ou bien…

Chapitre X

Lafarge préparait son départ lorsque le jeune ménage Sabatié, allant de Toulouse à Paris, s'arrêta pour quelques jours au Glandier.

Mme de Sabatié était une demoiselle Garat et la propre cousine germaine de Marie Cappelle. Mariée depuis deux ans, elle commençait une grossesse, et elle arriva si fatiguée par les secousses de la voiture, qu'elle craignit un accident et fut obligée au repos. Dans la chambre où elle passa de longues heures, il y eut, à défaut de luxe, un feu joyeux et des fleurs d'arrière-saison… Marie ne se lassait pas de causer avec cette jeune femme heureuse, très éprise de son Édouard, très fière de sa première maternité. C'était quelque chose du passé le plus doux qui ressuscitait pour l'exilée du Glandier ; c'était une créature de sa race qui lui parlait un langage oublié. Cette charmante image de la vie civilisée et du bonheur conjugal incitait Marie à des comparaisons mélancoliques. Les confidences appellent les confidences. Mme Lafarge aimait parler, et parler d'elle-même, mais il lui était impossible de ne pas dévier en se racontant. Le vice de son imagination se manifestait par cette incapacité d'être exacte, même lorsqu'elle était sincère. La frontière entre le réel et l'irréel était si vite, si naturellement franchie, même quand l'orgueil féminin ou l'intérêt n'étaient pas en jeu ! Et ils l'étaient – l'intérêt autant que l'orgueil – dans ces entretiens des deux cousines.

Leurs maris avaient causé entre eux, pendant qu'elles bavardaient, et Lafarge savait maintenant que M. de Sabatié possédait une terre près de Toulouse ; qu'il voulait vendre cette propriété estimée trois cent mille francs et placer les capitaux de manière à grossir ses revenus. Le maître de forges comprit que ce cousin lui était envoyé par la Providence des industriels en détresse. Un geste de Sabatié pouvait le sauver. Il lui exposa donc sa découverte, ses projets, ses futurs bénéfices :

« J'ai besoin, lui dit-il, avec cette rude simplicité qui joue si bien la franchise, j'ai besoin d'une première avance de fonds assez considérable, et nécessaire dans un pays où tous les marchés avantageux se font argent comptant. Je pourrais emprunter à Paris, avec des hypothèques, mais je préférerais faire participer quelqu'un de ma famille aux avantages d'un tel placement. »

Édouard de Sabatié ne disait ni oui ni non.

Alors Lafarge lui présenta un relevé de sa fortune, le même qui avait servi de base à son contrat de mariage. Il lui montra le domaine du Glandier et les terres d'alentour dont il s'attribuait la possession. Il proposa enfin à son cousin un placement en première hypothèque sur son usine. Il prendrait deux cent mille francs à cinq pour cent. Sabatié, associé aux frais et bénéfices d'exploitation du brevet, recevrait une indemnité annuelle de dix mille francs pour surveiller les opérations faites à Paris par les commis de la forge.

Les femmes poussaient à la conclusion de l'affaire. Elles y voyaient leur agrément personnel, Mme de Sabatié passerait les étés au Glandier et Mme Lafarge les hivers à Paris. Un seul ménage. Dépenses et plaisirs en commun. Tout le rêve de Marie devenu réalité.

Jamais les Lafarge ne furent plus unis que dans ces jours qui allaient décider de leur avenir. Le nœud puissant de l'intérêt les accouplait plus fortement que les liens encore lâches de l'habitude. C'est le secret de bien des ménages désassortis et qui durent. Les inimitiés cachées s'abolissent quand l'avarice ou l'ambition commandent. Les adversaires se retrouvent complices. Tout en s'exécrant on peut s'aider.

Fausse franchise d'un brutal, grâces caressantes d'une jeune cousine, prières d'une petite épouse très aimée, tout fut employé pour convaincre Édouard de Sabatié. Il donna son consentement. Grande joie !

S'il ne pouvait vendre sa terre immédiatement, il emprunterait sur la dot de sa femme. Lafarge étant pressé d'obtenir son brevet, de conclure l'association, les Sabatié proposèrent de l'emmener à Paris. À la grande surprise de ses cousins, Marie refusa de les suivre. Elle devait rester, dit-elle, pour diriger les travaux qu'elle avait entrepris et les affaires de la forge.

En réalité, elle ne voulait pas se montrer dans le monde – dans *son* monde – avec un mari sans culture, sans conversation, sans manières. Pour qu'elle n'eût pas honte de lui, il fallait d'abord à Lafarge ce qui remplace l'esprit et la vertu : le souverain prestige de la fortune.

Chapitre XI
Charles Lafarge à Marie Lafarge.

Limoges, lundi soir, 20 novembre 1839.

Il est dix heures, bonne petite Marie, et tu sais que c'est l'instant de ne songer à rien qu'à l'amour que nous avons l'un pour l'autre ; je suis éloigné de seize lieues de toi et cette nuit va me laisser bien de la tristesse lorsque, cherchant à mes côtés, ma main ne rencontrera plus l'objet de mes rêves et de mes pensées. Oui, mon ange, je te le répète, c'est un bien grand sacrifice pour moi que celui de ne pas t'avoir ; penser à toi, la récréation en est douce et suave ; penser que je t'aime, que je t'adore rend mon cœur content, mais tu me manques... Me dire à moi-même qu'à l'heure où je t'écris tu m'aimes, que tu es toute à moi, ah ! chère Marie, que cette pensée me rend heureux ! Dans deux heures d'ici, tu m'appartiendras pendant mon sommeil. Comme je vais t'embrasser, te serrer dans mes bras !

CH. LAFARGUE.

Suis, ma bonne petite, quelques recommandations qui, étant bien observées, me tranquilliseront beaucoup. La première, d'être bien prudente à cheval, ne pas aller vite dans les descentes : il y a vraiment du danger. Je voudrais te trouver bien portante à mon retour, ménage donc ta santé en toutes choses ; pour cela tu devrais bien essayer de t'accoutumer à manger un peu de gelée de volaille. Et moi, ma bonne Marie, j'ai pensé toute la nuit à toi ; tu ne cesses d'être l'objet de mes rêves et de mon souvenir ; mes pensées et mon cœur t'appartiennent à toi seule et toi seule au monde en es la maîtresse. N'oublie pas d'embrasser pour moi ma bonne mère. J'attends une lettre. J'écris sur du papier le doux nom de Marie, et cela avec une exécrable plume. Tâche néanmoins de me lire. Adieu.

CH. LAFARGUE.

*   *   *

Le 22 novembre, Lafarge débarquait à Paris et s'installait 9, rue Sainte-Anne, à l'hôtel de l'Univers, troisième étage, chambre n° 7. Un garçon, Jean-Baptiste Parant, porta ses bagages dans cette chambre où le voyageur allait passer beaucoup plus de temps qu'il ne croyait – environ six semaines.

Ce quartier, entre la Banque de France et l'église des Petits-Pères, était l'un des plus bruyants de Paris. La rue de Richelieu, la rue Vivienne, la rue Neuve-des-Petits-Champs, offraient de beaux magasins à la curiosité flâneuse des passants ; mais il y avait aussi quantité de petites rues sales, étroites, aux vieilles maisons sordides, abandonnées de plus en plus par les locataires bourgeois et toutes livrées aux « affaires ».

Lafarge, sans perdre de temps, commença ses visites aux parents de sa femme et ses démarches dans les ministères. Être le neveu par alliance du baron Garat, régent de la Banque de France, cela pouvait le servir. Il fut bien reçu par Mme Garat, non moins bien par Mme de Martens, très affectueusement par sa belle-sœur Antonine de Violaine qui ne fit que traverser Paris, allant de Villers-Hellon à Dourdan ; mais ni les Garat, ni les Martens ne lui offrirent autre chose que d'excellents conseils.

Obtenir le brevet, l'obtenir assez rapidement, cela n'était pas impossible, surtout si la « bonne Marie » assurait à son Charles des protecteurs puissants. Elle le pouvait. Il suffisait qu'elle envoyât de charmantes petites lettres, comme elle savait les tourner, au maréchal Gérard par exemple, à Mme de Valence.

Il faut, lui expliquait Lafarge, que tu écrives à chat et à chien afin qu'on s'emploie... D'abord, en parler au ministre du Commerce pour qu'il recommande au chef de bureau de faire tout de suite le travail y relatif. Prie le ministre de nommer ad hoc et ainsi de suite les personnes de la commission.

Il insistait sur la nécessité de presser les formalités qui ne peuvent aller vite « *qu'à force de protections* ». Et il ajoutait :

Chauffe Mme de Valence pour la croix que tu veux me voir, en lui disant que j'ai fait une découverte magnifique et des plus importantes de la métallurgie ; que, maire de ma commune, je me conduis avec distinction et ai apporté de grandes améliorations dans l'ancienne administration. Enfin, j'ai encore pour moi d'avoir sauvé six personnes qui se noyaient et une autre, trouvée dans une cheminée, la face contre terre, et que j'ai rappelée à la vie. J'ai bon nombre de témoins. Il faut donc que cette bonne Mme de Valence, qui t'aime tant, fasse donner le ruban à ton mari. Il en serait glorieux pour toi, car toutes ses actions se rapportent à toi...

Hélas ! ni le brevet ni la croix ne pourraient remplacer les capitaux introuvables. Tous les espoirs que Lafarge avait fondés sur Édouard de Sabatié s'écroulaient. La propriété n'était pas vendue ; la dot de Mme de Sabatié était défendue par contrat, et sans doute le baron Garat avait-il mis en garde sa fille et son gendre contre les risques d'une association avec leur cousin.

Quand Lafarge rentrait à l'hôtel de l'Univers, après une journée de courses et de quémandages stériles, il éprouvait un découragement qui devenait parfois de l'angoisse. Il était seul, avec Denis, à connaître l'état de ses affaires. Marie l'ignorait. Il voulait qu'elle l'ignorât toujours. Si le brevet, si les capitaux, arrivaient vite, la passe dangereuse serait franchie ; les espoirs de Marie se réaliseraient ; elle n'aurait jamais eu à douter de son Charles. Perdre sa confiance, ce serait perdre sa tendresse. Ce serait rentrer dans l'enfer des premiers jours. Cette idée glaçait le sang de Lafarge. Il était décidé à tout faire, tout, pour sauver son usine et son bonheur conjugal. Le désastre de l'une entraînerait la mort de l'autre.

Comme sa chambre était triste et froide à la lueur de la bougie qui tremblotait ! Des ombres couraient sur les murs, sur les rideaux du lit où, tout à l'heure, Charles se coucherait seul, et où l'inquiétude troublerait son mauvais sommeil. Dehors, la rue, si encombrée et si bruyante le jour, était lugubrement déserte et noire. Les reflets des réverbères s'allongeaient sur le pavé mouillé, et des formes féminines, comme il en surgissait le soir aux environs du Palais-Royal, sortaient des ténèbres d'une porte, piétinaient dans le ruisseau. À quelques minutes de marche, il y avait le boulevard, avec ses lumières, ses fiacres, ses cafés, ses théâtres. Mais rien ne tentait plus Lafarge. Il avait trop de soucis pour s'amuser, comme un provincial, rendu à sa liberté de garçon, peut s'amuser à Paris.

Il écrivait à sa femme, et il relisait les lettres qu'il avait reçues, ces jolies lettres d'une écriture un peu tombante et emmêlée. Marie lui racontait le séjour qu'elle avait fait à Uzerche, chez les Pontier, à Vigeois, chez les Fleyniat. Elle avait ramené sa chère Emma pour lui faire compagnie.

… Samedi soir je revenais au Glandier. Je dormis peu et je pensai beaucoup à toi, mon bon Charles ; tu vois que nos cœurs se comprennent et qu'ils défient la distance. Repose-toi toujours sur celui de ta Marie ; il renferme en lui d'intimes affections, inaltérables, dévouées, qui, pour ne pas être exprimées en caresses et en paroles, n'en sont que plus concentrées et plus tiennes. Tout ce qui est mystérieux est beau et la parole a sa modestie pour garder les plus doux mystères de l'âme. Ce que tu me dis me fait plaisir et espoir…

J'aime M. de Sahune, j'aime le chef de bureau ; j'aime tous ceux qui abrègent ton absence. Seulement, mon ami, mets de la prudence alors qu'il s'agira du retour ; ta présence peut tout hâter, tout obtenir, et si l'on vous oublie présents à Paris, juge si les absents ont tort. La difficulté des affaires d'argent m'effraie horriblement ; mais, courage ; avec la volonté ferme, l'homme est tout-puissant. Plus que personne tu sais vaincre.

D'après ma lettre, tu aurais été chez Mme Wels. Je doute que tu y aies réussi, mais tu n'as pas oublié, sans doute, de tenter M. de Rothschild par l'entremise de mon oncle de Martens… Tu auras pris des rensei-

gnements sur la possibilité d'exploiter ton brevet à l'étranger ou chez les maîtres de poste français. Enfin, tu devrais voir des arrangements possibles avec associé ; il faut tenter de tout et avoir plusieurs cordes à son arc. Il me semble impossible que tu reviennes ici sans une décision sur ce point ; sans fonds, tu ne peux tirer aucun avantage de ton brevet...

Elle lui offrait de vendre ses biens de Villers-Hellon. Elle lui dépeignait une réception à Vigeois, où elle avait une jolie toilette, et elle terminait ainsi :

Adieu, mon cher seigneur et maître ; je dépose mes petits succès à vos pieds. Aimez-moi, car je vous aime ; regrettez-moi, car je vous regrette ; embrassez-moi, car je vous embrasse de toute mon âme. Bonsoir ! Je baisse ma tête pour que tu me donnes un tendre baiser sur mes yeux. En voici deux pour les tiens.

MARIE.

* * *

Il continua ses démarches. Les gens qui l'avaient si gracieusement accueilli, d'abord, se fatiguaient de le recevoir. Sa pesanteur de provincial ennuyait les Parisiens toujours pressés, qui avaient bien autre chose à faire que de s'occuper de Charles Lafarge, et lui, avec l'égoïsme inconscient du solliciteur, ne comprenait pas qu'on s'intéressât à d'autres affaires qu'à la sienne.

L'estomac est parfois le chemin du cœur, et un envoi de belles truffes périgourdines devait stimuler la bonne volonté des amis et des parents trop peu zélés. L'idée était de Marie. Elle n'avait que des idées charmantes et bien utiles à son pauvre Charles. Donc, les amis et parents – et aussi les députés de la Corrèze – reçurent des paniers de truffes. Ils s'en régalèrent ; ils remercièrent, et quelques-uns se remuèrent un peu, trop peu.

Ah ! si le baron Garat avait voulu affirmer bien haut la moralité, la compétence, la prudence de son neveu Lafarge ! S'il avait dit que son gendre Sabatié, ayant passé dix-sept jours au Glandier, avait trouvé la propriété « *très belle et très bonne, parfaitement située, ainsi que les bâtiments des usines...* » quelle force pour Lafarge, quel argument auprès des banquiers ! Mais, malgré les belles épîtres de

Marie, l'« oncle Paul » résistait à l'éloquence de sa nièce comme à la séduction des truffes.

À bout de patience et de courage, le maître de forges eut recours à l'homme qui savait tout, à Denis.

Il lui adressa en secret cette lettre mystérieuse, répondant à une lettre qui n'a pas été retrouvée :

Je viens, mon cher monsieur Denis, de recevoir votre lettre ; je vous y reconnais en toute chose ; quand je vous avais attiré près de moi, j'avais bien reconnu vos bonnes qualités. J'ai toujours espéré être celui qui vous récompenserait, en vous faisant couler à l'avenir des jours plus heureux que par le passé. Vous êtes un homme à bons conseils, je vous y reconnais de plus en plus, mais il faut que vous soyez plus près de moi. Hâtez-vous donc d'y arriver, car je n'entreprendrai rien sans vous. Arrivez donc vite et très vite ; personne que votre femme, ma mère et mon beau-frère ne doit connaître votre voyage à Paris. Partez du Glandier comme pour aller à Guéret… J'écris à ma femme que vous avez besoin d'aller à Guéret pour les forges… Arrivé là, continuez votre route avec rapidité, c'est important…

Laissez-vous en quelque sorte influencer par Mme Charles pour partir, afin que ça vienne d'elle. Il ne faudrait pas descendre au même hôtel que moi. Brûlez cette lettre comme j'ai brûlé la vôtre ainsi que vous me l'aviez recommandé. C'est une mesure de prudence dont je vous loue.

Chapitre XII

Pendant que Lafarge « *cabalait contre l'âge d'or pour faire régner l'âge de fer* », la vie au Glandier se faisait plus morne pour Marie.

La belle robe d'or de l'automne était tombée sous le vent d'ouest qui poussait dans le ciel bas de lourds nuages. Ces vapeurs couleur de plomb s'accrochaient aux crêtes des rochers, aux cimes des bois. À les voir stagnantes, si proches, on croyait sentir le poids de leur masse ouatée et l'on respirait mal.

Plus rares maintenant les chevauchées dans la campagne. Le crépuscule venait si vite !

Il fallait rester dans la maison, dans la grande chambre que le feu dansant égayait à peine ; rester toute seule à lire, ou à broder, ou à contempler derrière les vitres, la prairie mouillée, le jardin sans fleurs, la rivière assombrie par le ciel sombre, la pluie qui battait les ardoises des toits et glougloutait dans les chéneaux.

Marie ne supportait pas la solitude. Elle était trop instable pour n'être pas très sociable. Elle avait besoin d'être entourée, d'être écoutée, de parler sa pensée qui s'égarait dans le silence. Tout auditoire lui était bon. À défaut des gens du monde, elle se contentait des petits bourgeois d'Uzerche. Elle se dépensait à les étonner, à les séduire, moins pour eux que pour elle. Si le comte de Tourdonnet l'invitait au château de Saint-Martin, elle se mettait en selle et partait, même fatiguée ou malade, et le plaisir de la conversation la guérissait de ses misères.

Comment se fût-elle résignée à la demi-réclusion du Glandier et au tête-à-tête avec sa belle-mère ?

D'abord, la griserie de l'espérance l'avait soutenue. Elle avait attendu les lettres de son mari dans une anxiété qui ressemblait à l'impatience de l'amour. Elle s'était construit un Charles grandi, presque à la taille de son rêve, un Charles qui défiait Paris comme Rastignac, et disait à la ville monstrueuse : « À nous deux, maintenant ! »

Les femmes n'aiment pas les vaincus. Elles croient les aimer, quand elles satisfont avec eux leur instinct maternel qui jouit de posséder un être faible, en le soignant, en le consolant. Mais elles subissent le prestige de la force mâle ou du génie mâle. Elles sont la récompense du vainqueur. Ce n'était pas la puissance physique de l'homme qui pouvait dominer Marie Cappelle, et Lafarge l'avait appris à ses dépens. C'était l'intelligence, le talent, la gloire, la fortune, tout ce qui donne la supériorité sociale, tout ce qui avait manqué à Charles et que Charles allait acquérir – s'il réussissait.

Ce victorieux, qui lui ferait oublier le mari médiocre, elle le voyait déjà, elle ne voyait plus que lui. C'est à lui qu'elle écrivait des phrase passionnées. C'était lui qu'elle entendait parler à travers les effusions sentimentales, gauches, mais sincères, de Lafarge.

Cependant, à mesure que les jours s'écoulaient, et que les nouvelles de Paris se répétaient décevantes, la figure de l'époux imaginaire devenait plus vague et la figure de Charles reprenait ses lignes, qui n'étaient pas belles, avec l'expression piteuse du solliciteur éconduit, du provincial importun, de tout ce que Marie avait détesté en lui.

Et puis, elle avait honte d'écrire ces lettres de mendiante qu'il lui imposait de rédiger, dont il lui traçait le sommaire : « *Écris à M. de Sahune... Écris à Mme de Valence... Écris à Édouard... Écris à ton oncle Paul...* »

Elle écrivait. Elle occupait toutes ses soirées à écrire et elle déchirait des lettres qui lui avaient donné bien de la peine. L'une était trop humble ; l'autre, trop orgueilleuse ; une autre trop négligée. Elle pensait qu'elle allait ennuyer beaucoup ses grands amis, et qu'elle était la victime expiatoire de l'ennui qu'elle leur procurait.

Et Lafarge insistait pour qu'elle écrivît encore. Elle essayait de le maintenir devant elle, dans cette posture d'homme supérieur qu'elle lui avait prêtée. Elle harcelait son imagination ainsi qu'un poète épuisé fouette la sienne, et elle en tirait des émotions artificielles, quelquefois si fortes qu'elle les éprouvait, un instant, comme véritables.

« *... Le temps me semble un siècle loin de toi ! Je t'aime, mon Charles, je te le dis parce que je le sens de tout mon cœur... Pour t'écrire, ce soir, j'ai fait ta toilette : mes cheveux flottent, mes yeux brillent de souvenirs qui se rapportent tous à toi. Tu m'aimeras. Mon miroir me le dit, et je t'en remercie, car il est doux d'espérer être aimé de ce qu'on aime...*

... M. Denis n'est pas encore de retour. La forge va bien, mais on craint une pénurie prochaine de charbon... Je t'en prie, ne reviens pas sans avoir tranché d'une manière ou d'une autre la difficulté d'argent.

Quoique je ne sois pas malade, j'ai ce soir une petite migraine qui me fait fermer les yeux et qui m'empêche de t'écrire plus longuement sans faire que je t'aime moins. Je vais me coucher et me soigner pour toi. Il faut que j'aie cette raison pour que je te quitte si vite quand je t'aime si bien. Adieu trois fois du fond de l'âme... »

Elle cachetait la lettre. Elle inscrivait sur le pli le nom du destinataire et l'adresse. L'excitation nerveuse durait encore jusqu'au sommeil. Mais le lendemain, après que le domestique avait emporté à Uzerche la lettre qu'il allait partir par la malle-poste, Mme Lafarge en avait oublié déjà les termes. Et rendue soudain à elle-même, elle découvrait avec effroi qu'elle commençait à mépriser son mari.

Il lui apparaissait bas et ridicule, « *avec de petites idées et de petits moyens misérables dans sa manière de solliciter* » ; platement empressé auprès des banquiers, prêt à plier les genoux pour avoir un peu d'or.

Elle apercevait « *les impossibilités morales qui s'opposaient à sa volonté, d'aimer, de respecter celui auquel on avait rivé sa vie.* » Son âme se révoltait « *contre l'infériorité de cet homme qui était son guide et son seigneur* ».

Et elle plongeait, désespérée, « *dans l'immensité d'un malheur irréparable* ».

* * *

Ce fut vers ce temps qu'il lui arriva une grande joie et une grande peine.

La grande joie, Emma Pontier l'apporta par sa seule présence, lorsqu'elle s'installa au Glandier pour quelques jours. La solitude de Marie en fut tout éclairée et réchauffée.

Son âme désaxée, maladive, « perverse » au sens complet du mot, contenait toutes les possibilités contradictoires de l'amour et de la haine s'exerçant sur le même objet. Elle croyait être sensible parce qu'elle était émotive, et elle croyait aimer les autres, parce que son égoïsme foncier, absolument inconscient, avait besoin de l'affection des autres. Privée de cette affection, elle souffrait et elle s'admirait de souffrir ainsi, interprétant cette souffrance comme le signe de sa délicatesse morale et de son exquise bonté. Il était vrai qu'elle avait aimé ses amis – ceux qui la flattaient – et qu'elle les avait aimés plus que sa propre famille où elle avait peu de prestige, étant trop bien connue. Elle avait eu pour Marie de Nicolaï une espèce d'amitié, envenimée de jalousie. Mais si elle aimait quelqu'un au monde, c'étaient les deux Pontier, le père et la fille, dont l'absolu dévouement caressait avec tant de douceur son orgueil blessé, Emma et Raymond qui croyaient, qui croiraient toujours en elle, qui la voyaient exactement telle qu'elle se voyait elle-même.

Cette tendre Emma de dix-neuf ans, c'était une sœur bien plus qu'une cousine, une petite cadette, toute docile, que Marie faisait, à sa guise, rire ou pleurer. C'était un miroir où passait le reflet de Marie, un écho où Marie entendait sa voix, plus jeune et plus pure.

Ensemble, elles se promenaient dans les ruines ; elles lisaient *Atala, René, les Martyrs,* écoutant « la lamentation sonore des mélancolies romantiques » qu'une autre Emma, plus tard, écouterait dans une bourgade normande. Comme cette sœur future de Marie Cappelle, encore informe et dormante dans la pensée du jeune Flaubert, elles chantaient ces romances « où il était question de petits anges aux ailes d'or, de lagunes, de gondoliers, pacifiques compositions qui laissaient voir, à travers la niaiserie du style et les imprudences de la note, l'attirante fantasmagorie des réalités sentimentales ».

Le soir, dans la vaste chambre-salon, Marie, au piano, ne se hâtait pas de demander la lampe. Emma se tenait près d'elle, fascinée par la musique, et elle cachait sa tête sur l'épaule de sa cousine en frissonnant, les yeux pleins de larmes. Mme Lafarge mère venait s'asseoir au coin du feu, dans les ténèbres rougeoyantes. Depuis que M. Denis était parti, elle se rapprochait de sa belle-fille et de sa nièce par désœuvrement et curiosité de vieille femme. À mi-voix, avec des terreurs superstitieuses qui gagnaient Emma et Marie, elle contait des histoires de revenants et de moines fantômes, et comment le diable avait étouffé un de ses enfants. Une nuit, ayant veillé jusqu'à deux heures, Emma eut la fantaisie de faire habiller sa cousine en mariée. Clémentine tira des cartons et des tiroirs la robe blanche, le voile, la couronne, et Mme Lafarge se revit, dans la glace, vêtue et coiffée comme en ce matin du 12 août où, dans l'église des Petits-Pères, elle avait épousé Charles Lafarge.

Trois mois et demi seulement depuis ce matin de noces !

Elle écarta les souvenirs douloureux et se mit à parler fiévreusement de robes, de chapeaux, de bijoux, des bagatelles à la mode. Emma l'admirait. Qu'elle était belle ainsi, toute blanche, mais si pâle, si pâle, avec des yeux et des cheveux si noirs ! On eût dit la Léonore de la ballade allemande, la fiancée du mort.

La lampe s'éteignit. Le vent gémissait dans les longs corridors du Glandier. Au loin, des loups hurlaient sur la lande.

Et le piano, dont les angles se perdaient dans les ténèbres, semblait, aux lueurs du feu mourant, un immense cercueil.

*   *   *

La peine vint après la joie, quand Raymond Pontier fit ses adieux à sa chère nièce Marie.

Il avait échoué aux élections du conseil général, et depuis il était triste et pessimiste, mal résigné à l'encroûtement provincial, à cette léthargie intellectuelle qui engourdit l'esprit dans une existence monotone et sans horizon. Il était né pour agir et pour servir. Repoussé de l'arène politique, il retournait à la vie militaire. Il allait reprendre du service en Algérie.

Quel coup pour Mme Lafarge !

Si Charles perdait la partie qu'il jouait, elle serait à jamais confinée au Glandier, entourée de gens hostiles comme les Buffière, comme les cousines d'Uzerche. Emma se marierait un jour, et l'oncle Raymond ne serait plus là pour la consoler et la fortifier, l'oncle Raymond, son unique ami.

Elle pleura beaucoup, après que le père et la fille l'eurent quittée. Elle pleura toute seule, secouée de sanglots, tordant ses mains, révulsée comme devant un abîme. Alors elle reçut une lettre de Charles.

*   *   *

Il lui demandait encore d'écrire à M. Garat. Il se plaignait des lenteurs administratives. Il continuait sa vaine course à l'argent. Il racontait comment les Martens le soupçonnaient d'être imprudent, léger, aimant à se lancer dans le nouveau sans réfléchir. Mme de Martens lui avait dit nettement qu'une jeune femme ne calcule pas toujours, que le mari amoureux cède et se laisse influencer ; que l'on se promet d'économiser avant d'avoir des fonds, mais qu'on est bien vite ébloui dès qu'on les possède et que l'on grossit ses dépenses.

Il ajoutait en manière d'avertissement :

J'ai reconnu que nos projets de capitale pour plus tard, dont tu dois avoir fait part à quelqu'un, ont porté le trouble dans les imaginations.

Marie reçut ce nouveau choc, mais, cette fois, elle réagit. Elle ne comptait plus sur Charles maintenant. Elle ne comptait plus que sur elle-même.

*   *   *

Une femme de ce caractère, toute faite de contradictions, capable de vouloir avec force et persévérance, instable cependant, et dominée par une imagination malade, une créature que ses nerfs soutiennent, – et, brusquement, trahissent – le type même de la déséquilibrée supérieure, comment va-t-elle sortir du piège où elle est tombée ?

Des issues vers la liberté ? Elle n'en peut trouver que trois.

Il y a la séparation volontaire, à l'amiable, qui crée à la femme, dans la société de ce temps, une situation équivoque, gênée, souvent humiliante, et la laisse à la merci des caprices et des désirs d'un mari, seul propriétaire légal.

Il y a la séparation judiciaire, après le scandale d'un procès qui salira, par éclaboussement, deux familles. Le résultat de ce débat, devant les juges de 1839, n'est pas assuré. Malgré les torts de Lafarge, la loi peut lui donner raison contre sa femme. Marie reprochera-t-elle à son conjoint de posséder une masure au lieu d'un château ? Mais elle a bien accepté, de son propre aveu, la vie que son mari lui a faite, au Glandier. Et quant aux griefs d'ordre intime, les lettres passionnées que Lafarge a reçues, qu'il produira, si on l'y oblige, suffiront à le justifier.

Il n'y a qu'une porte de secours et c'est le veuvage. Un veuvage opportun sauverait Marie, et jetterait, sur son passé conjugal, un grand voile noir, bien opaque, bien respectable. La jeune femme, dans les insomnies de ces nuits d'hiver, où elle entend hurler les vents et les loups, autour de son château ruiné, a dû repousser, avant de l'accueillir, cette image d'elle-même : la Veuve ! Elle a fini par l'accueillir, pourtant. L'image est devenue familière, comme un double, une préfiguration de la future Marie Lafarge en robe noire, si touchante, si intéressante, et maîtresse enfin de sa destinée. Toutes les circonstances de la disparition possible du mari qu'elle a recommencé de haïr, la prisonnière du Glandier les a imaginées, arrangées, corrigées comme le texte d'un roman. Elle a supposé la maladie, l'accident, et, qui sait, le suicide. Elle en a vécu les surprises, les horreurs, le bienfait final qui est sa délivrance, et elle s'est accoutumée ainsi à regarder en face la mort... la mort de Charles Lafarge.

Charles est bâti en hercule. Il a vingt-huit ans. Ses crises nerveuses ne le tueront pas de sitôt. Aucun exercice périlleux ne met son existence en danger. Il n'est pas de ceux qui meurent de leur propre main, car il aime vivre, et ses croyances religieuses, au besoin, le retiendraient s'il était tenté par le démon du suicide.

Il vivra donc, il vivra peut-être jusqu'à l'extrême vieillesse. Il vivra plus longtemps que la frêle Marie. C'est elle qui mourra la première, très probablement. Il la fera enterrer dans le cimetière de Meyssac, à côté de Rosalie Coinchon, et, du tempérament dont il est, il se remariera.

À moins que... Marie n'ose achever sa pensée. Mais, dans le secret de son esprit, la décision qu'elle ne veut pas connaître encore est déjà prise.

*   *   *

Le 12 décembre, Mme Lafarge s'avisa que son habit de cheval était offensé par les rats et qu'elle devrait en remplacer tous les boutons. Cet habit était placé dans un des réduits à porte vitrée qui encadraient l'alcôve de la chambre-salon et servaient de cabinet de toilette, de garde-robe ou de débarras.

Il y avait beaucoup de rats dans les greniers du Glandier, et plusieurs chats leur faisaient la guerre. On n'avait pas tenté d'autres moyens de destruction, depuis longtemps. Personne ne s'étonna que Mme Charles voulût supprimer la gent ratière. Elle envoya son domestique, Jean Bardon, à Uzerche, avec une lettre pour Eyssartier, le pharmacien.

Je suis dévorée par les rats, Monsieur. Déjà j'ai essayé du plâtre, de la noix vomique pour m'en débarrasser, mais rien n'y a fait. Voulez-vous me confier un peu d'arsenic ? Vous pouvez compter sur ma prudence. C'est pour mettre dans un cabinet où il n'y a que du linge.

Je voudrais bien avoir quelque peu de tilleul et de fleur d'oranger.

MARIE LAFARGE (de Glandier).

Je voudrais un quart d'amandes douces.

Mme Eyssartier était seule dans la pharmacie, quand le porteur de cette missive arriva, après deux heures de marche. Elle lut la lettre et ne crut point mal faire en remettant à Jean Bardon un paquet d'arsenic cacheté, pesant trente et un grammes. Puis elle inscrivit sur le livre-journal la nature, la quantité et le prix de la marchandise vendue, avec le nom de l'acquéreur et la date.

Jean Bardou s'en retourna au Glandier.

*   *   *

Emma Pontier était encore chez sa cousine, et une autre personne, invitée par Charles, s'y trouvait depuis le 2 décembre. C'était une demoiselle Anna Brun, qu'on traitait de « vieille fille » parce qu'elle avait vingt-quatre ans, un visage sans beauté, un corps sans grâce. Elle habitait à Flomond, près de Beyssac, et se disait « artiste » parce qu'elle barbouillait des miniatures. Dans une époque où le travail déclassait une femme, Mlle Brun, obligée de gagner sa vie, semblait vouée au célibat et à cette position subalterne qui comporte une attitude humble ou humiliée. Bonne ? Méchante ? Qui le sait ? On l'imagine pauvrement vêtue, attentive à plaire, un peu mielleuse, avec une goutte de fiel dans son miel. Allant de-ci de-là pour faire ces petits portraits qui lui valaient un peu d'argent, mêlée à l'intimité des familles, elle n'avait rien dans sa vie que les romans des autres et le désir refoulé d'en avoir un.

La curiosité, c'est le péché mignon de ces filles qui, sans y paraître, voient tout, entendent tout, savent tout, rôdent comme des chats à pattes fourrées, sont par hasard derrière la porte quand on s'enferme pour dire ou faire des choses secrètes, chuchotent avec les domestiques, prennent parti dans les intrigues familiales, et, baissant des yeux dévots, exercent aux dépens de leurs hôtes la plus redoutable faculté d'observation.

Du talent ? Anna Brun en avait beaucoup, selon Charles Lafarge et sa mère qui connaissaient seulement, comme œuvres d'art, les lithographie coloriées de leur salon et le couple édénique peint sur la lampe de porcelaine. Le maître de forges désirait que Marie fît « tirer » son portrait. Elle ne savait à qui s'adresser. On lui conseilla Mlle Brun qui travaillait à domicile. Donc Mlle Brun fut convoquée au Glandier. Elle s'y rendit. Après quinze jours de pose, la miniature fut terminée. Mme Lafarge décrit en ces termes le chef-d'œuvre de Mlle Brun.

Elle fit sortir d'un ciel gros bleu une bonne physionomie rose et blanche qui, ayant comme moi une bouche, un nez, des yeux et des cheveux noirs, devait me ressembler d'une manière frappante, et qui ressemblait aussi à une de ces grosses figures joufflues qui sortent d'une corne d'abondance et sourient, du haut de la porte d'un pâtissier, aux petits enfants de la rue Saint-Denis.

Ce teint de lis et de rose contredisait la vérité de la nature, car la très brune Marie Cappelle avait la carnation jaunâtre des bilieux. Mais l'« artiste » trouvait que le rose vif tranchait bien mieux que la pâleur sous un ciel bleu, et la belle-mère assura que son fils serait ravi de voir sa femme si fraîche et si grasse.

Il ne restait plus qu'à expédier le portrait.

Le portrait tout seul ? Non. Puisqu'il fallait l'emballer dans une caisse, on ferait la caisse assez grande pour y mettre d'autres objets : des socques, des souliers, des cahiers de musique, la montre de Mlle Brun qui serait réparée à Paris mieux qu'à Uzerche. Et aussi des châtaignes, de bonnes châtaignes limousines. Et pourquoi pas des gâteaux ? Charles aimait les gâteaux que sa mère fabriquait à la maison, pâtisseries de ménage dont le robuste estomac du Corrézien ne craignait pas la pesanteur. Adélaïde Lafarge était une des gloires culinaires du canton. Ses pâtés, ses clafoutis, ses confits étaient célèbres. Mais son triomphe, c'étaient les choux ou casse-museaux.

Marie Cappelle ne pouvait pas égaler aux choux de sa belle-mère les galettes picardes dont elle avait donné la recette à Maria Comby, la cuisinière, ces galettes larges comme une petite assiette, en pâte feuilletée, dorées au jaune d'œuf et garnies au dedans de marmelade. On en mangeait quelquefois, pour rappeler à la jeune femme les desserts de Villers-Hellon. Mais cela ne valait pas les choux.

Eh bien, la bonne mère préparerait des choux qu'on enverrait à Paris, et le même soir où Charles les recevrait, à une heure dont on

conviendrait avec lui par une lettre, tous les Lafarge communie-
raient sous l'espèce des choux, Charles dans sa chambre d'hôtel, et
les autres au Glandier. Ce serait une attendrissante fête de famille.

Et qui avait eu cette idée charmante ? Marie. Elle était si ingé-
nieuse dans sa tendresse ! Et elle voulait que Charles rendît justice à la chère maman. Elle voulait que la chère maman écrivît un
billet de sa main, certifiant l'authenticité des choux, et elle écrirait
aussi, pour charger son mari d'inviter au souper symbolique une
personne très aimée, Antonine de Violaine. Dans son ardeur à ré-
unir ainsi ceux qu'elle chérissait, Marie semblait oublier qu'Antonine était très rarement à Paris, qu'une grossesse avancée l'obligeait
à des ménagements extrêmes, et qu'il n'était ni vraisemblable ni
convenable qu'une jeune femme du monde, enceinte de huit mois,
allât manger des gâteaux avec son beau-frère, à onze heures du
soir, dans une chambre d'hôtel.

*   *   *

Tout fut prêt le 14 décembre : le portrait, les châtaignes, les
socques, les souliers, la musique, la montre, et les choux.

Mme Lafarge mère les fit selon l'antique tradition. Maria Comby
avait préparé trois crêpes très épaisses, cuites à moitié, que la
vieille dame pétrit, roula et sépara en vingt ou vingt-cinq parties
grandes comme des soucoupes. Mis au four sur une tôle, par le
domestique Jean Bardon, les choux levèrent, prirent une belle couleur brune et répandirent un parfum alléchant. Une fillette était
là, qui écarquillait les yeux d'admiration : c'était l'enfant d'Aména
Buffière, Adélaïde, âgée de huit ans, que ses parents avaient laissée
au Glandier parce qu'on attendait un petit frère.

Les gâteaux cuits à point, Jean les sortit du four et Maria Comby
en garda une douzaine pour la fête du soir, mais Bardon en voulut
goûter, et aussi Marie Valade. Maria en eut sa part. Les choux qui
restaient furent disposés sur un plat que la petite Buffière, toute
glorieuse, emporta dans la chambre de sa tante Marie. L'escalier, les
couloirs étaient sombres. Clémentine portait une chandelle pour
éclairer l'enfant.

La tante Marie et Mlle Brun furent ravies de voir de si jolis gâteaux.

Chacune en prit un ; la petite Adélaïde en eut un, et Clémentine aussi, pour leur peine. Il en resta quatre ou cinq.

Marie Lafarge se tenait près de la cheminée. Sur un guéridon, à côté du métier à tapisserie, une caisse plus haute que longue, était placée, et il y avait au fond les cahiers de musique, les souliers, la montre, le portrait bien empaquetés.

Mme Charles pensa que les choux pourraient s'abîmer et qu'ils seraient mieux protégés dans une boîte. Elle alla dans son cabinet de toilette et chercha quelque temps cette boîte, qu'elle rapporta et qu'elle mit rapidement dans la caisse. Par-dessus, elle entassa les châtaignes.

Dans la cuisine, un paysan, Jean Montézin, attendait. Il devait porter la caisse à Uzerche. Clémentine descendit à six heures du soir et lui donna le colis, attaché par une ficelle en croix. Sur l'étiquette fixée à la cire, était inscrite l'adresse de Charles Lafarge. Jean Montézin reçut aussi deux lettres que Mme Charles envoyait, l'une à son mari, l'autre à Mme Chassaing, directrice du bureau des diligences d'Uzerche. Il partit, monté sur Arabska, la jument grise de Madame, emportant, dans un panier, une bouteille et un tonnelet destinés à contenir de l'huile et, dans un autre panier, la caisse.

La diligence de Toulouse passa vers quatre heures du matin à Uzerche. Elle y prit des voyageurs et des colis et elle repartit, lourde machine dont le roulement réveillait les gens endormis lorsqu'elle traversait les villages.

Chapitre XIII

Léon Buffière avait un frère, Félix, commis en nouveautés dans un magasin de Paris. Ce jeune homme fut très surpris, le soir du 19 décembre, lorsqu'un garçon d'hôtel se présenta chez lui :

« M. Pouch-Lafarge vous prie de venir le voir. Il vient d'être très malade.

Félix Buffière n'avait guère envie de sortir, mais Lafarge était presque un parent, et l'on ne laisse pas seul, à l'hôtel, un parent malade. Félix s'emmitoufla chaudement et suivit le garçon dans la nuit glacée.

Rue Sainte-Anne, il trouva Lafarge couché. La chambre était en désordre. Une odeur fétide imprégnait l'air, qu'on n'avait pas renouvelé depuis la veille. Une bougie brûlait sur la table de nuit. Les rideaux du lit s'évasaient sur le pied et sur le chevet, et cela faisait une niche d'ombre où la tête de Lafarge se dessinait, livide et vieillie.

— Hé, pauvre Charles, qu'avez-vous ?

— Une espèce d'indigestion. Depuis hier soir, figurez-vous, je n'ai pas cessé de rendre… Et des coliques !… J'en ai encore.

— Vous avez mangé quelque chose qui vous a fait mal…

— Ça doit être une portion de foie de veau à l'italienne que j'ai prise, hier, au restaurant. Ça tombe bien fâcheusement. Ma femme m'avait envoyé un gâteau. Je n'en ai goûté qu'une bouchée. Cette bonne Marie m'écrivait qu'à la même heure où je mangerais ce gâteau ici, on en mangerait un autre, tout pareil, au Glandier. Je vais vous lire sa lettre.

Félix Buffière écouta la lecture et il remarqua le portrait que Lafarge tenait contre son cœur.

Assurément, il n'avait pas cru que Charles Lafarge fût sentimental. Cela ne s'accordait pas à son physique d'athlète paysan et à son caractère positif. Mais l'amour fait des miracles. Et l'on savait que Charles était fou de sa femme. Léon et Aména en avaient même conçu un peu d'aigreur et d'inquiétude. Ils redoutaient que cette Parisienne ne poussât leur frère à dépenser follement. Et les affaires de la forge n'allaient pas si bien.

Les deux hommes continuèrent la conversation en patois, et Lafarge, par gentillesse, invita Félix à goûter aussi du gâteau.

« Il est là, sur la commode. »

Félix prit la bougie pour examiner le gâteau limousin.

*   *   *

La veille, la lettre de Marie était arrivée avant la caisse. Elle annonçait l'envoi des socques et des souliers qui serviraient de modèles au cordonnier parisien, fournisseur de Mlle Cappelle. Elle mentionnait les autres objets contenus dans la caisse, et elle expliquait aussi comment les deux époux séparés feraient leur souper symbolique. Plus tard, Félix Buffière, qui fut le seul, avec Lafarge, à connaître cette douce lettre inspirée par l'amour conjugal, se souvint très bien qu'il y était question d'un gâteau et non de plusieurs, et il se souvint aussi que l'on n'y parlait pas de Mme de Violaine. Marie Lafarge, sans doute trop pressée en écrivant, avait oublié sa petite sœur.

Après avoir lu et relu les pages envoyées par sa bien-aimée, Charles était allé au bureau des diligences Laffitte et Gaillard. Il apprit que la voiture de Toulouse était attendue pour huit heures et demie. Il revint à l'heure indiquée. La diligence était dans la cour. Il demanda la précieuse caisse, et n'ayant pas ses papiers d'identité, il dut aller chercher son passeport rue Sainte-Anne, et s'en retourner une troisième fois rue Saint-Honoré. Revenu à l'hôtel un peu avant onze heures, il appela le garçon et le pria d'ouvrir la caisse qu'il avait rapportée. Parant fit sauter les ficelles et les crochets, enleva le couvercle et retira de la caisse les souliers, le portrait, des papiers, un gâteau enfermé dans une boîte. Il laissa au fond les cahiers de musique et les châtaignes.

Lafarge s'écria joyeusement :

« C'est un envoi de ma femme. »

Il sortit le gâteau de la boîte, et cassa un petit morceau de la croûte, qu'il mangea en pensant à sa chère Marie. Elle mangeait un gâteau tout semblable, à la même heure, au Glandier. Mais Charles n'avait pas faim et il se contenta de cette bouchée.

Le billet de sa mère était parmi les papiers, un billet très bref qui commençait ainsi :

Marie veut que je t'écrive. Il faut que ce soit son bon génie qui lui ait inspiré l'idée de ces gâteaux…

« Ces gâteaux ». Ce pluriel s'appliquait évidemment au gâteau que la vieille dame avait préparé pour le souper du Glandier, et à celui que sa belle-fille envoyait à Charles. Deux gâteaux tout pareils.

Lafarge mit le sien sur la cheminée, en songeant qu'il le finirait le lendemain, et il se coucha, en serrant sur sa poitrine la miniature où Marie, étonnamment rose et blanche, lui souriait du fond d'un ciel gros bleu.

Toute cette nuit-là et toute la journée du lendemain, il fut secoué par des tranchées et des vomissements épouvantables. En pénétrant chez lui, le matin du 19, Parant recula devant les souillures et l'odeur infecte. Tant bien que mal, le brave homme soigna son malheureux client. Il lui donna du thé, une limonade cuite, et, le soir, il alla chercher Félix Buffière.

*   *   *

Celui-ci, la bougie à la main, considérait le gâteau entamé, posé sur la commode. Ce n'était pas un chou à la mode corrézienne. C'était une galette à la mode picarde. La croûte était dure comme une croûte de pâté. L'intérieur était garni d'une sorte de marmelade.

Félix trouva ce chef-d'œuvre de pâtisserie médiocrement appétissant. Il s'excusa de n'y pas goûter, étant fatigué par un rhume.

Charles n'insista pas. Il dit même en patois :

« *Né pas gairé bon !* »

Le lendemain, 20 décembre, il se sentit mieux et se leva pour recevoir le baron de Montbreton. La chambre n'avait pu être nettoyée à fond et elle était encore en désordre. Lafarge raconta sa courte et brutale maladie. Il commençait à croire que le gâteau pouvait en être la cause. Cette bonne Marie ne s'en doutait pas.

« Elle m'a envoyé, » dit-il au baron, « son portrait et un gâteau qu'elle m'a dit de manger à le même heure où elle ferait collation là-bas. J'ai obéi et voilà, je crois, d'où mon indisposition est venue. »

Eugène de Montbreton lui remit un bibelot que Mme de Montbreton destinait à sa jeune amie du Glandier, et il le laissa se reposer.

Charles était encore bien faible. Les nausées lui revenaient encore, à plus longs intervalles, et une migraine cruelle lui serrait les tempes. Dans cet état, il pensait à Marie, sa « bonne Marie », avec le remords de ne pas l'avoir encore remerciée. Il fit effort pour lui écrire. Il lui exprima combien « l'idée de ces deux petits gâteaux » de leur mère l'enchantait, et encore plus le génie de Marie, de le faire dîner avec elle en l'engageant à manger, « à minuit précis, le délicieux gâteau ». Il lui faisait les recommandations ordinaires pour qu'elle suivît son régime et terminait par cet aveu :

Au moment où je t'écris, moi je suis un peu souffrant ; j'éprouve une

très forte migraine. Je ne puis plus écrire, malgré ma bonne volonté.
Adieu.

Il ne voulait pas inquiéter sa femme. Ce fut seulement le vendredi 20 qu'il lui dit une partie de la vérité, sans faire allusion au malencontreux gâteau, par délicatesse.

Vite, vite, je t'écris, ma chère petite femme, afin que tu ne portes pas peine de moi : hier, je te disais que j'étais souffrant en t'écrivant ; en effet, depuis les onze heures du soir, avant-hier, j'avais eu continuellement de forts vomissements et une migraine affreuse.

Et le lendemain, samedi, il envoyait à sa femme une lettre délirante :

Oh ! Marie, ma bien-aimée, que tu me surprends agréablement ! Quoi ! tu m'es rendue tout entière ! Comme je t'aime ! Je te retrouve dans ce doux portrait que je ne cesse d'appuyer sur mes lèvres et sur mon cœur, ressemblante au jour où, pour la première fois, je te vis si belle. Tu caches encore quelque chose sous un voile de modestie ; mais mes yeux y pénètrent, entrevoient tout ce qui ne peut se voir...

Je te dirai, chère et bonne petite femme, que les affaires du brevet vont grand train ; la commission a déjà examiné et n'a pas soufflé le mot, ce qui prouve que je suis le seul inventeur. Maintenant, on va soumettre les pièces à la signature et j'espère être quitte bientôt de cet embarras. Il en est encore un autre, l'ouverture d'un crédit, qui fait l'objet de ma sollicitude. Je suis à même d'entrer en négociations avec un des trois banquiers dont je t'ai parlé. Prie Dieu que je réussisse, puis, après, je serai bien vite près de toi.

... En fait de plaisir, je n'en pas d'autre ici que celui de m'entretenir avec toi, mais aussi celui-là était-il bien doux et il remplaçait pour moi tous les autres. J'ai donc dû renoncer à tous spectacles et opéras. Avec moi, les affaires avant tout ; et le peu de temps qui me restait, j'aimais mieux l'employer à te dire et à te répéter que je t'aimais par-dessus tout, excepté le procédé, car c'est pour toi, et à cause de toi, que je veux en garder le privilège, parce que ton âme a passé dans la mienne, que ton cœur est venu se confondre avec mon cœur, tes pensées ont exprimé la même chose que moi ; enfin, ta vie a fait et fera la mienne dans ce monde et dans l'autre. Tu sais que je te l'ai promis... Je te le jure, écrit de mon sang... Je n'ai trouvé rien dans mon imagination qui pût mieux te le confirmer ; je me suis fait une

petite blessure et je m'en ferais une bien plus grande, par amour pour toi, s'il le fallait...

Ne doute donc jamais pas plus de la force de caractère et d'une résolution bien prise par ton mari que de l'amour et de l'inviolable amitié qu'il a conçus pour toi et qu'il gardera toujours, comptant sur ta félicité à venir que lui seul veut te procurer, gardant pour otage ton amour et cette fidélité si belle, à toute épreuve, que tu m'as promise devant Dieu et devant les hommes...

Il avait écrit le serment avec son sang. Cela ne suffisait pas à son besoin passionné de se donner, de loin, à cette femme dont le souvenir lui brûlait la chair et l'âme. Il coupa une petite mèche de ses cheveux, la plaça, scellée à la cire rouge, dans un carré dessiné à la plume.

Tiens, tes cheveux sont sur mon cœur. Je les couvre de mes baisers. Je veux t'en envoyer des miens, car tu n'as rien gardé de moi. Tu ne penserais peut-être plus à ton Charles...

C'était le même homme qui avait voulu forcer la porte de sa femme, à Orléans, en la traitant de « s... bégueule de Parisienne ».

La Parisienne avait pris sa revanche.

Pas toute. Après la tragi-comédie des débuts, et cette touchante idylle conjugale, le véritable drame commençait.

Chapitre XIV

Le 31 décembre 1839, Mme Lafarge adressa ses vœux les plus tendrement fraternels à Mme de Violaine, sa « chère petite sœur », son « Tonin chéri ». Elle ne lui envoyait pas un gâteau – chou limousin transformé en galette picarde – mais elle lui souhaitait un beau garçon et elle lui annonçait une heureuse nouvelle.

Elle aussi attendait un enfant !

J'ai tant de désir d'être aussi un peu ronde que je l'espère un peu en ce moment. J'ai des maux de cœur affreux, un dégoût universel. Déjà, je ne vois, je ne rêve que ma petite Jacqueline. Quand je ne dors pas la nuit, je la vois d'abord tétant, puis marchant, puis plus grande, puis plus belle ; enfin, je la marie et je me préoccupe excessivement de son bonheur intérieur. Tu dois comprendre cette espèce de folie maternelle, et je suis sûre que ton fils ne te donne pas moins de sollicitude...

La veille, elle avait écrit dans le même sens à Mme de Valence, tout en avouant qu'elle avait mille raisons de ne pas espérer une gentille petite cause à sa mauvaise santé, et qu'elle ne fondait son calcul que sur le dégoût de la nourriture et des maux de cœur continuels.

À son amie comme à sa sœur, elle exprimait aussi la joie qu'elle éprouverait à revoir son mari, à oublier « les tristesses de l'absence dans le bonheur du retour » et à reprendre avec son Charles « une douce vie d'affection ».

Une maternité, dans un ménage normal, peut être désirée ou redoutée, mais elle est toujours prévisible, Adélaïde Lafarge reconnut chez sa bru quelques symptômes, incomplets et fugaces, qui pouvaient tenir à un début de grossesse, ou simplement à un trouble organique. Elle crut si peu à la réalité de cette « position intéressante » qu'elle n'en dit rien à son fils, et ne se comporta jamais, dans les semaines qui suivirent, comme si elle espérait un nouveau petit-enfant, fils ou fille de son bien-aimé Charles. Ses doutes justifiaient son silence, et ils eussent justifié celui de Marie, si la jeune femme avait gardé la même réserve, mais Marie, qui faisait part à tout le monde de son bonheur maternel, n'en fit point part au principal intéressé.

À l'en croire, ce serait la vieille mère qui, après une scène dramatique, aurait arrêté la juste colère de sa bru par ces mots :

« Je vous le dis, vous êtes grosse. »

Et dans cette page de ses Mémoires, où le mensonge pathologique se mêle à l'artifice calculé, Marie Cappelle, oubliant la tendre et significative correspondance échangée avec son mari, se pose en vierge-épouse, devenue vierge-mère par un miracle du bon Dieu !

Elle se vouait à tous les saints, raconte-t-elle, « pour qu'ils changeassent l'impossible en possible. » Toutes ses pensées, toutes ses actions se rapportaient « au cher petit complément d'elle-même ». Elle ne montait plus à cheval ; elle ne mettait plus de corset ; elle avait fait élargir ses robes afin qu'il grandît sans entraves, et déjà elle s'occupait de sa layette avec Clémentine, de son éducation avec Mlle Brun. Elle ne pouvait chanter, elle ne pouvait lire que les romans et les ouvrages qui parlaient des petits enfants. Elle avait compris le paradis terrestre (sic).

Tout cela en quelques jours ! Vraiment, cette héroïne de la parthénogénèse ne perdait pas de temps. Le 15 décembre, elle ne sait rien de son état. Sa belle-mère le lui révèle vers la Noël, et, le 31 décembre, elle a déjà commencé sa layette, élargi ses robes et formé un plan d'éducation ! Mais elle a négligé d'avertir le père de l'« enfant du miracle » !

Rêveries, chimères, manœuvre préventive pour écarter certains soupçons, il y a peut-être tous ces éléments dans la plus extraordinaire fable que Marie Cappelle ait inventée. Il y a aussi une sorte de mimétisme, fréquent chez les femmes de ce tempérament. Mme Buffière était enceinte ; Mme de Sabatié était enceinte ; Mme de Violaine était enceinte. Toutes ces jeunes mères, si heureuses de leur maternité, occupaient la pensée de Mme Lafarge. Elle dut penser :

« Si j'étais comme elles... »

Puis :

« Je suis comme elles... »

Elle entra dans ce rôle maternel, se complut à le jouer, et il n'est pas invraisemblable qu'elle s'y divertit d'une obsession terrible, car le jour était proche où Lafarge allait revenir.

*   *   *

Denis avait feint de partir pour Limoges et pour Guéret, selon les ordres de cet étrange patron qui le traitait en ami, ou en complice. Il était allé à Paris, il avait donné les « conseils » et l'« aide » qu'on attendait de lui, et, secrètement, comme il était venu, il était reparti avant la soirée du 18 décembre où Charles Lafarge avait été si malade.

Le mystérieux trafic du commis et du maître, la famille Lafarge en connaissait bien quelque chose, sauf Marie ; car la jeune femme ignorait tout, par la volonté de Charles, et pour des raisons qu'on devait découvrir plus tard. Ces raisons-là faisaient la force de M. Denis, et lui permettaient d'être insolent, sans risques, avec une personne qui l'avait cruellement humilié. Marie sentait la haine de cet individu sorti de bas, de très bas. L'odeur du crime émanait de lui ; mais lui aussi, Denis, peut-être par expérience personnelle, savait percevoir l'odeur du crime. Quelquefois le voleur et l'assassin ont une vocation de policier.

Tous les domestiques du Glandier, tous les ouvriers de l'usine détestaient Denis, ce « monsieur » qui n'était pas un vrai « monsieur », ce contremaître qui commandait en maître. On chuchotait qu'il ne s'occupait pas de la forge ; que le bois et le charbon allaient manquer ; qu'il avait fait renvoyer le premier commis ; qu'il ferait renvoyer tous les autres, si les autres ne se soumettaient pas à sa tyrannie. Et l'on disait aussi qu'il « curait la maison », se gobergeant, lui et sa femme, aux dépens des Lafarge. La mère ne voyait que par ses yeux. Elle n'avait pas de secrets pour ce cher M. Denis, pour ce bon M. Denis. Entre les deux dames Lafarge, il avait choisi. Puisque la jeune le méprisait, il s'était mis du parti de la vieille.

L'année 1839 s'acheva, et l'année 1840 commença par un temps très doux, pâlement ensoleillé, les habitants du Glandier échangèrent des vœux, des présents et des baisers. L'absence de Lafarge était pénible à sa mère et à ses serviteurs, et sans doute à sa bonne Marie, qui était fort triste.

La tristesse la faisait même extravaguer. Elle avait craint de recevoir une lettre cachetée de noir, et son inquiétude superstitieuse lui avait fait quitter la table du déjeuner, pour courir dans l'avenue au-devant du facteur. Une autre fois, elle avait demandé à sa belle-mère combien de temps les veuves portaient le grand deuil en Limousin. Petits incidents qui montraient le trouble et la fatigue morale de cette pauvre femme, lasse d'attendre le mari qu'elle aimait.

Lafarge écrivit enfin qu'il avait obtenu son brevet et qu'il avait réussi à emprunter vingt-cinq mille francs. Il était loin des deux cent mille francs de son cousin Sabatié. Les Garat n'avaient rien fait pour lui. Il avait vu et sollicité inutilement cent quatre-vingt-dix-sept banquiers !

*   *   *

Le matin de janvier 1840, un homme traversa la petite rivière qui coulait au bas du jardin, franchit par une brèche le mur du cloître et entra sans être vu de personne, dans la maison. La couturière Jeanneton, levée tôt, travaillait dans le vestibule qui précédait les chambres. Elle fut stupéfaite en voyant M. Lafarge, que l'on n'attendait pas avant le 15 janvier. Il lui dit qu'il avait été souffrant à Paris, qu'il s'était, par malchance, foulé la cheville et qu'il était content d'être revenu chez lui. Ce serait une bonne surprise pour Madame. Il voulait la voir, elle, la première. Madame dormait encore, et Clémentine avait couché près d'elle. Lafarge n'eut pas de scrupule à les réveiller.

Il resta deux heures enfermé avec sa femme.

Sa mère ignorait sa présence. Elle l'apprit avec un mouvement de tristesse jalouse. Quoi, Charles, son fils unique, pénétrait au Glandier comme un voleur et, après avoir embrassé Marie, il ne se hâtait pas d'aller embrasser sa maman ? Elle conta sa peine à ses cousins Fleyniat, qui étaient ses hôtes, et à Mlle Brun, qui avait dû partir, n'était pas encore partie, et ne désirait guère s'en retourner à Flomond. M. Fleyniat consolait la vieille dame lorsque vers midi Mme Charles vint leur dire :

« Je vais vous montrer mon mari, qui est arrivé ! »

Lafarge s'était couché, pour se reposer, dans lit de sa femme, et il venait de se lever. On échangea des exclamations de surprise, des baisers, des vœux de bonne année, et l'on s'entreregarda.

Qu'avait donc ce pauvre Charles ? Il paraissait sortir d'une grave maladie, les yeux creux, les traits tirés, l'air vieilli. Voilà comment Paris vous rend les gaillards solides qu'on lui prête !

— Tu as donc été malade, là-bas ?

— Diable, oui ! J'ai eu des vomissements épouvantables. Et l'autre jour, en descendant de voiture, une entorse !… Je suis resté cinq jours sans ôter ma botte… Mais, enfin, j'ai mon brevet !

L'oncle Fleyniat le félicita et voulut voir le pied blessé.

— C'est le voyage qui t'a fatigué, pauvre Charles. Tu devrais te recoucher.

— Ah ! je veux bien.

Il se remit au lit, mais il désira que Marie fît de la musique pour l'oncle. Elle s'assit au piano. Son mari la contemplait, extasié.

Dans l'après-midi, les Fleyniat s'en retournèrent à Vigeois, et

Charles, toujours dolent, garda la chambre. Marie demeura près de lui. Ils avaient tant de choses à se dire, et ces choses n'étaient pas toutes bien agréables. Lafarge rapportait son brevet et quelques milliers de francs. Maigre butin.

Le soir, il ne voulut pas que Marie descendît pour dîner avec sa belle-mère et Mlle Brun. Ella fit la dînette à côté de lui, sur une petite table. On lui servit une aile d'un poulet truffé, chef-d'œuvre d'Adélaïde Lafarge, et le parfum de cette volaille excita un peu l'appétit engourdi de Charles. Il prit une truffe du bout d'une fourchette et la savoura, ce qui était bien imprudent parce que la truffe n'est pas clémente aux estomacs fatigués. Les vomissements reparurent dans la nuit et dans la journée du lendemain.

Alors, l'instinct de la mère pressentit le mal obscur, innommé, qui avait déjà marqué son fils et couvait dans ses entrailles. Adélaïde Lafarge osa dire que Charles avait été empoisonné à Paris. Elle pensait à un accident, et l'idée du poison ne s'associait aucunement pour elle, à celle des choux qu'on avait envoyés à son fils.

Personne encore dans la maison ne s'inquiétait vraiment de Charles. Les hommes sont douillets et les plus grands, les plus robustes, résistent à la souffrance moins bien que des gringalets ou des femmes. C'était un sujet de plaisanterie que Mme Charles renouvelait avec sa verve si gaie pour amuser le patient et lui redonner courage. Un médecin ! Qu'avait-on besoin de médecin et surtout de ce brave Dr Bardon – excellent ami et mauvais médicastre – que la vieille dame voulait faire chercher au Saillant ?

La vieille dame tint bon. Appelé dans la soirée, le docteur arriva dans la nuit. Il trouva Lafarge tout enroué, la face rouge, se plaignant de douleurs à la gorge et à l'estomac. Une soif excessive le torturait. Aux questions du médecin, il répondit qu'il avait été indisposé, à Paris, de la même manière, et sa femme fit observer qu'il avait mangé des truffes la veille.

Il était deux heures du matin. M. Bardon prescrivit quelques soins qui devaient soulager le malade, et gagna la chambre qu'on avait préparée pour lui. En plein hiver, la nuit, par des chemins défoncés, venir à cheval du Saillant au Glandier, s'en retourner de même, c'eût été trop dur. Les médecins couchaient souvent chez les clients, dans les vastes maisons aux nombreuses chambres. Cela faisait un hôte de plus. On sait que les hôtes ne manquaient pas au Glandier.

Comme le docteur se retirait, Mme Charles le retint un moment. Elle a raconté qu'elle lui avait parlé de l'éducation des enfants et de l'Émile de Jean-Jacques Rousseau, conversation dont le médecin ne garda pas le souvenir. Par contre, il se rappela très bien que la jeune femme s'était plainte des ravages des rats dans son cabinet de toilette. Elle désirait une ordonnance pour se procurer de l'arsenic chez M. Eyssartier.

Mentionna-t-elle que le 1er janvier elle avait fait demander vainement de la mort aux rats à la pharmacie Tourniol, de Lubersac ? Tourniol était moins confiant et complaisant que n'avait été Mme Eyssartier. Les trente et un grammes d'arsenic, livrés le 12 décembre par cette dame, n'avaient tué aucun rat, et c'était bien la faute d'Alfred, ce maladroit, qui avait gâché la pâtée empoisonnée. Tout était donc à recommencer, M. Bardon griffonna une ordonnance – quatre grammes d'arsenic – et s'en fut dormir. À son réveil, il alla voir Charles Lafarge.

La belle-mère et la bru, Mlle Brun, Clémentine, allaient et venaient constamment dans le salon transformé en infirmerie. La chambre rouge, où logeaient maintenant Mme Charles et Mlle Brun, et qui séparait le salon de la chambre de la vieille Mme Lafarge, n'était plus qu'un corridor. Le régiment des pots et des cafetières avait émigré de la cheminée de la mère à la cheminée du fils.

Lafarge n'allait pas mieux.

Le docteur n'était pas un médecin. Tant pis. Une angine, une inflammation d'estomac, ce n'est pas très grave.

« Je prescrirai, dit-il, un traitement antiphlogistique. »

Il fit une seconde ordonnance, qui devait remplacer la première, et il n'oublia pas d'indiquer quatre grammes d'arsenic. Après quoi, il remonta à cheval et partit sans inquiétude.

*　*　*

Alfred Montadier s'était rendu à Uzerche avec la première ordonnance.

M. Eyssartier la reçut lui-même et lut la lettre que Mme Lafarge y avait jointe :

Mon domestique ayant sottement mixturé ma mort-aux-rats en a fait une pâte si compacte, si pourrie, que M. Bardon m'a refait une petite ordonnance que je vous envoie, monsieur, afin de mettre votre conscience à l'abri et ne pas vous faire croire que je veux, pour le moins, exterminer le Limousin en masse. Je voudrais bien avoir quelques onces de gomme arabique en poudre ; ayez aussi, monsieur, la bonté de m'envoyer le montant de ma petite note, qui doit être assez grossie.

Voudriez-vous aussi m'envoyer de la tisane de fleurs de mauve, quelques racines de guimauve et du bouillon blanc. Mon mari est un peu souffrant d'un commencement d'angine, mais M. Bardon m'assure que la fatigue de la route y est pour beaucoup et que le mieux ne peut tarder à venir avec le repos.

MARIE LAFARGUE.

Le pharmacien connaissait bien les Lafarge, qui lui avaient fait une visite de noces. Il pensa que la lettre de la jeune femme répondait à la réputation qu'elle avait, d'être spirituelle et gracieuse. Peut-être étaient-ce là des manières de Paris. Les clientes limousines étaient plus simples.

M. Eyssartier remit au domestique les quatre grammes d'arsenic. Une heure après, un autre domestique arriva du Glandier avec une autre ordonnance qui portait la même indication : quatre grammes d'arsenic.

Erreur, oubli du Dr Bardon ? C'était sans importance, mais le pharmacien raisonna juste. Il remit à Jean Bardon les médicaments « antiphlogistiques », les sangsues, et point d'arsenic.

Alfred Montadier avait rapporté son petit paquet de poison à Madame elle-même, et dans la chambre de Monsieur.

Les malades, désœuvrés, ennuyés, s'intéressent aux moindres événements de leur vie recluse, lorsqu'ils ne souffrent pas trop. Charles voulut voir le paquet.

« N'y touche pas, lui dit Marie. C'est dangereux. »

Il s'entêta. On fut obligé de lui donner le sac de papier rempli de poudre blanche. Marie se réjouissait hautement de lui assurer un bon sommeil, en détruisant ces ennemis de son repos : les rats du grenier, et ceux qui couraient dans les corridors, et ceux qui dévoraient le linge dans les armoires. Charles ne s'était jamais beaucoup tourmenté, à cause de ces sales animaux qui pullulaient où Glandier. Marie leur déclarait la guerre. Ils périraient en masse. Seulement, l'on devrait fabriquer la pâtée mortelle artistement, avec de la farine, du sucre et du beurre, le tout bien mêlé d'arsenic.

Alfred Montadier fut chargé de cette cuisine. Il n'était pas très adroit, ni très malin, le pauvre Alfred. Il avait toujours peur des loups, des gens, de M. Denis surtout, et il ne faisait peur à personne, pas même aux rats, qui s'étaient bien moqués de la soupe à l'arsenic ! Cependant, il reçut l'ordre de préparer les munitions de la grande guerre, et il fabriqua une pâtée qu'il étala sur feuille de gazette, dans le cabinet vitré, à droite de l'alcôve du salon.

Adélaïde Lafarge avait un autre souci que les ravages des rats ! Ces histoires de pâtée plus ou moins « pourrie » ne l'intéressaient guère. Elle soignait son fils.

L'amour de Charles pour Marie, le caractère de sa belle-fille, avaient rejeté la mère au second plan dans la vie, dans le cœur de ce fils qu'elle admirait autant que lui-même admirait sa femme. C'est la loi de la nature –, toutes les mères la subissent, les meilleures, avec résignation, les moins généreuses avec une vaine colère. La vieille Adélaïde Lafarge avait souffert.

C'était une très humble femme. Ceux qui la connurent bien rendirent justice à son cœur. Laide et bornée, autoritaire et jalouse, dirent les autres. Elle avait pourtant fait l'effort d'aimer sa bru, à cause de Charles. Sa jalousie demeurait, inséparable de tout amour blessé, et, devant le danger de l'être chéri, inconsciemment divinatrice et clairvoyante. Dans les heures terribles où, malgré l'optimisme du médecin, un mal inexpliqué dévorait Charles, la mère sortit de l'ombre, revendiqua, prit et défendit sa place ; la première, auprès du lit de son enfant. Là, elle trouva l'autre femme, elle aussi dressée, invoquant son droit, excitant l'homme à la réclamer, elle seule, et à refuser les soins maternels. De son propre aveu, Marie triompha sans générosité. Elle jouit de montrer sa toute-puissance, d'être la préférée, l'unique, de capter le regard de Charles, de détenir la main de Charles entre ses mains, d'accorder aux prières tremblantes de Charles le baiser qu'il oubliait de donner à sa mère, de régner dans cette chambre étouffante, saturée des odeurs de la maladie, et de renvoyer la vieille détestée à ses tisanes, à ses seringues, à ses cafetières.

La vieille allait pleurer dans son capharnaüm, consolée par Anna Brun, par M. Denis. Les comparses de la comédie tragique se rapprochent, se fortifiant l'un par l'autre, dans cette chambre en désordre remplie d'objets disparates. Ils entourent la mère excédée d'angoisse. Ils confrontent leurs observations, et la curiosité s'allume au contact de la haine. Mlle Brun entend et voit bien des choses, pendant qu'elle veille, en dessinant ou en brodant, avec Mme Marie.

Et la mère rappelle le Dr Bardon une seconde fois. Sa lettre est un cri d'épouvante. Charles ne cesse de vomir d'horribles matières noires. Son estomac, son ventre sont douloureux comme des plaies. Sa gorge est à vif. Ah ! que le docteur vienne vite, qu'il soulage ce malheureux, qu'il le sauve !... M. Bardon revient dans la nuit du 5 au 6 janvier, et cette fois sa bonne figure amicale se rembrunit.

— Mais enfin qu'est-ce que cette maladie ? gémit la mère.

— J'ai craint un volvulus, une obstruction intestinale... Je n'en suis pas sûr... J'aimerais que vous vissiez un autre médecin dont le diagnostic confirmerait ou contredirait le mien.

Le lendemain, l'état de Charles s'améliora un peu. M. Bardon lui permit une nourriture légère, lait de poule, croûte de pain trempée dans du vin. Il lui fit mettre des sangsues et lui souffla de l'alun dans la gorge.

Ce jour-là, un paysan, autrefois métayer des Lafarge, se présenta au Glandier pour le règlement d'un petit compte. Il ne demandait pas à voir M. Charles, mais M. Charles, qui aimait ce brave homme, voulut qu'on le fît monter.

Léonard Courty regardait avec pitié le maître. – un jeune homme de vingt-huit ans, – amaigri, réduit par le mal.

— J'ai été indisposé à Paris, lui dit Lafarge, et depuis mon retour je ne fais que vomir.

— Vous avez eu tort, notre maître, de retourner si vite. Le voyage a bien pu aggraver votre cas.

— Hé ! si j'étais resté là-bas, je n'existerais plus.

Lafarge avait toujours soif. Il demanda à boire, et puis il serra tristement la main du métayer :

— Adieu, pauvre Lionnou !

*   *   *

D'un village à l'autre, les nouvelles couraient vite. Les ouvriers de la forge, les paysans commentaient les circonstances d'une maladie qui déroutait les médecins. L'idée du poison entrait dans les esprits, et le mot était sur les lèvres, qui n'osaient pas encore le prononcer tout haut. Le goût naturel du peuple pour le drame se satisfaisait par des hypothèses puériles. L'on chuchotait que M. Lafarge avait été empoisonné à Paris et que, s'il n'était pas mort tout de suite, cela tenait à la nature du poison « qui devait tuer en quarante jours ».

M. Denis, dans les courses qu'il faisait, s'arrêtait souvent, retenu par des gens qui lui demandaient si le pauvre M. Lafarge était guéri, et M. Denis laissait entendre que le malheureux ne guérirait jamais.

Les parents ne recevaient pas l'écho direct de cette rumeur qui se propageait autour du Glandier. Ils se fiaient au diagnostic rassurant du Dr Bardon. M. Fleyniat, qui savait les embarras pécuniaires de son neveu, redoutait un suicide.

Vers le 8 janvier, ils commencèrent à s'émouvoir.

L'usage du temps et de la province ne permettait pas d'être malade et de mourir seul. Il ne permettait pas davantage d'être soigné par des personnes spécialisées étrangères à la famille. Dès qu'on prenait le lit, les tantes et les cousines accouraient, s'installaient dans la maison, aidaient à la fabrication des cataplasmes, emplâtres, clystères et tisanes, veillaient à tour de rôle en disant leur chapelet ou en médisant des voisins, donnaient des conseils et des recettes, et ne vous quittaient que mort ou guéri.

Mlle Brun était restée au Glandier. Emma y était venue et devait y revenir. Anna Buffière était retenue à Faye, par sa grossesse, mais Léon avait fait une visite et causé avec le Dr Bardon. Le 9 janvier, arriva, montée à califourchon sur un âne, une sœur d'Adélaïde Lafarge, Mme Panzani.

Cette personne, éminemment originale, voyageait toujours dans cet équipage. Âgée de soixante-deux ans et veuve d'un premier mari, elle avait convolé en secondes noces avec un lieutenant corse.

Elle habitait à la Côte, près du Saillant, une belle propriété où elle cultivait des fruits et des légumes, célèbres dans toute la région par leur énormité. Ses pruneaux « composés » étaient fameux, et aussi l'oseille Panzani multifeuille. Quand elle avait reçu la visite de sa nièce Marie Cappelle, Mme Panzani, charmée de connaître une personne amie des arts et des lettres, lui avait offert un déjeuner dont tous les plats étaient cuisinés d'après des recettes historiques et l'avait honorée de la lecture de son grand ouvrage : l'Histoire de la France avant le déluge (le « déluge » était sans doute la Révolution de 1789).

Cette dame excentrique, petite et maigre, invariablement ombragée d'un immense chapeau jaune et vert – poétique, disait Marie, comme une omelette aux fines herbes – était aussi différente que possible de sa sœur Adélaïde Lafarge, de sa sœur Louise Materre et de son frère Raymond. Cependant, elle avait, comme eux tous, l'esprit de famille et, tel Sancho Pança sur son âne, mais plus brave, elle affrontait la pluie, le vent, les ornières et les loups, pour remplir ses devoirs de sœur et de tante.

Le même jour, arrivèrent de Faye Léon Buffière et Aména. Une lettre d'Adélaïde Lafarge les réclamait au Glandier malgré la grossesse de la jeune femme. Tous ces parents envahirent la chambre du malade. Marie les vit sans plaisir. Dans ses Mémoires, elle imagine une altercation violente entre elle et sa belle-sœur, qui aurait crié :

« Charles, tu vas mourir ! Ton Aména te suivra au tombeau. Pauvre Charles ! Mourir si jeune ! Je suis venue te donner les derniers soins au risque de tuer mon enfant. Tu mourras dans mes bras. »

Et Charles aurait répondu :

« Mon Dieu ! Il faut donc mourir, et vous me le cachiez ! »

Mais ce n'est que fabulation. Charles ne pouvait rien dire, ce jour du 9 janvier. Sa tante Panzani témoigna qu'il était alors incapable d'articuler aucun son, et la scène avec Aména se réduisit à une crise de larmes de Mme Buffière et à cette réflexion judicieuse de Marie, qu'une telle douleur, mal dominée, pouvait effrayer le malade.

Toute femme, même la plus tendre, contrainte de subir cette avalanche de parenté, est excusable si elle montre quelque impatience. L'impatience de Marie était à la mesure de son antipathie pour sa belle-mère et pour sa belle-sœur, sinon à la mesure de son amour conjugal. Elle prétendait soigner Charles à sa façon et sans témoins. Tous les moyens lui convenaient qui écartaient ces femmes détestées.

La mère, la fille, le beau-frère, la tante Panzani tinrent conseil. Adélaïde Lafarge pleurait :

— C'est un peu fort que je ne puisse soigner mon fils à mon gré. Ma bru ne peut me souffrir dans la chambre de Charles ; elle cherche à en éloigner tout le monde.

— Hé bien ! dit la tante, moque-toi de ce qu'elle pourra dire. Ton fils est ton fils. Il a besoin de tes soins. Donne-les-lui.

Le Dr Bardon, qui venait tous les jours, avait convoqué pour le lendemain son confrère, le Dr Massénat, de Brive. La consultation eut lieu le vendredi matin. Le Dr Massénat confirma le diagnostic du Dr Bardon et il expliqua la maladie par « une susceptibilité nerveuse très développée » et les vomissements « par un état de spasme et la titillation que la luette, augmentée de volume à la suite de l'inflammation de la gorge, exerçait sur la base de la langue ». Il jugea que, malgré les vomissements, on devait nourrir le malade. Du bouillon, un lait de poule le soutiendraient. Ce traitement, qui paraît aujourd'hui aussi grotesque, aussi dangereux que les médications de M. Purgon et de M. Diafoirus, fut appliqué, ou plutôt l'on essaya de l'appliquer. Mme Lafarge mère battit un œuf frais dans du lait sucré et M. Massénat lui-même le fit boire à Lafarge, qui le restitua incontinent. Des convulsions suivirent des crampes douloureuses, que l'on tâcha de calmer par un bain.

*   *   *

Le soir de ce 10 janvier, Mlle Brun et les deux dames Lafarge étaient dans la chambre rouge. Denis s'y présenta. Il remit un petit paquet à Marie.

« Voilà ce que vous m'avez demandé. »

La jeune femme prit le paquet d'un air indifférent et le posa sur la cheminée.

À onze heures, Mlle Brun, qui était sortie de la chambre, y revint et, par hasard, ou par curiosité de vieille fille un peu espionne, elle ouvrit le buvard de Mme Charles, et elle y vit le paquet apporté par Denis. Il l'avait acheté à Brive, chez le pharmacien Lafosse. Déjà, l'avant-veille, comme il devait aller à Lubersac pour des affaires de la forge, Marie Lafarge l'avait fait venir sur la terrasse du jardin et lui avait ordonné de rapporter des saucisses, des boudins et de la mort-aux-rats. Elle lui avait bien recommandé de n'en rien dire à personne, surtout à sa belle-mère, qui était « trop minutieuse ». Denis rapporta la charcuterie, et non pas la drogue mortelle. Le jour suivant, nouveau voyage, mais cette fois à Brive, pour y chercher le Dr Massénat. Nouvelle commande d'arsenic. Denis fut obligé d'obéir. Il craignait, expliqua-t-il plus tard, d'être renvoyé, si Mme Lafarge, très puissante sur l'esprit de son époux, constatait la mauvaise volonté de leur commis. À Brive, il ne trouva pas M. Lafosse à la pharmacie. On le pria de repasser. Il envoya à sa place le garçon de l'hôtel de Toulouse, avec un billet où il demandait « un franc de mort-aux-rats pour M. Lafarge, maître de forges au Glandier ».

M. Lafosse remit au garçon soixante-quatre grammes d'arsenic. Coût : un franc. L'arsenic n'est pas rare et il n'est pas cher. Qui veut détruire des souris s'en procure aisément à bas prix. C'est vraiment un poison populaire.

Le soir, Jean Denis ne se pressa pas de donner à Mme Charles ce paquet de poudre blanche. Il dit à sa femme un soupçon, un pressentiment qui lui étaient venus… Le jour suivant, il devait aller à Tulle. Mme Lafarge lui réitéra l'ordre répété deux fois inutilement. Toujours des boudins et des saucisses, une souricière et de la mort-aux-rats. Denis n'acheta pas d'arsenic à Tulle, mais à son retour, Mme Charles l'ayant fait appeler, il lui remit celui qu'il détenait depuis la veille.

* * *

Lafarge était un peu mieux ou un peu moins mal, le matin du 11 janvier. Sa femme l'avait veillé jusqu'à cinq heures. Vers huit heures, Aména vint embrasser son frère. Elle lui apprit que Marie était souffrante.

— Je lui ai porté un lait de poule. N'en veux-tu pas goûter ?

— Avec grand plaisir, puisqu'il viendra de Marie.

Aména passa dans la chambre rouge. Marie et Mlle Brun y étaient couchées dans leurs lits opposés face à face.

Pâle et fatiguée d'une longue veille, Mme Lafarge était assise contre ses oreillers. Elle venait de poser sur la table de nuit la tasse vide.

— Vous avez tout bu, dit Aména. Charles aurait voulu goûter de votre lait de poule « par sentiment ». C'est une idée de malade.

— Eh bien ! il faut le contenter, Aména. Faisons un autre lait de poule. Charles croira que c'est le même.

Mme Buffière envoya quérir par Jeanneton, un œuf frais, du lait et du sucre. Elle cassa l'œuf dans la tasse, versa le sucre et le lait.

— Donnez-le-moi, fit Marie en allongeant la main. Je vais le remuer.

— Cela ne vous serait pas commode. Laissez-moi faire, répondit Mme Buffière, qui commença de battre l'œuf et le lait.

Le délicat mélange crémeux et mousseux étant parfait, elle l'emporta dans la chambre voisine. Charles dormait. Bienheureux sommeil, après des heures d'agitation et de souffrance. Sa tante Panzani, qui allait repartir pour la Côte, était assise auprès du malade. Aména ne voulut pas le réveiller. Elle transvasa le lait de poule dans un petit bol qu'elle mit à tiédir dans une tasse plus grande, remplie d'eau chaude. À ce moment, Clémentine entra, venant de la chambre rouge.

Mme Marie, dit-elle, désirait que le lait de poule restât sur sa table de nuit, afin que Monsieur, lorsqu'il s'éveillerait, le vît apporter de chez elle. Il le prendrait avec plus de plaisir.

Mme Buffière donna le bol à la femme de chambre, et Marie le plaça sur sa table de chevet.

Il était huit heures passées. Mlle Brun, dans le lit opposé à celui de Mme Lafarge, s'agita.

— Il est bien temps de me lever, dit-elle en écartant son rideau.

— Vous vous êtes couchée tard, répondit Mme Lafarge. Ne vous levez pas encore.

Elle réclama son buvard à Clémentine, comme elle faisait toujours le matin, car elle avait l'habitude d'écrire interminablement dans son lit.

C'était un buvard de maroquin qu'on pouvait fermer à clef, assez profond pour contenir beaucoup de papiers, assez large pour servir de pupitre.

Le silence soudain fit croire à Mlle Brun que la jeune femme s'était rendormie. Elle avança la tête hors des rideaux et se leva doucement. À ce moment, elle vit Mme Lafarge, penchée de côté, saisir le bol, y jeter une poudre blanche qu'elle avait prise dans un morceau de papier déchiré, et remuer le liquide avec son doigt. Elle replaça ensuite le bol dans l'eau chaude, attendit un instant, et le reprit pour remuer encore le mélange avec son doigt. Le bruit d'une porte qu'on ouvrait lui fit tourner la tête. Elle vit sa belle-mère qui entrait, et replaça prestement le bol dans l'eau chaude.

La vieille dame ne fit que traverser la chambre.

— Qu'avez-vous donc mis dans le lait de poule ? demanda Mlle Brun. C'est sans doute un calmant.

Marie répondit d'un ton tranquille :

— Oui, on a mis de la fleur d'orange.

— Mais il y a autre chose…

Mme Charles entendit-elle cette réflexion ? Elle ne répondit pas. Mlle Brun pensa qu'on voulait faire prendre, par surprise, à M. Lafarge, un remède qu'il eût refusé autrement, car il était « mauvais malade ».

Justement, il venait de se réveiller. Mme Buffière vint chercher le lait de poule, et il n'en fut plus question jusqu'à midi.

À cette heure-là, Marie reposait encore dans la chambre rouge. Près du malade, se tenaient la vieille Mme Lafarge, Aména Buffière et le Dr Bardon. Mlle Brun les rejoignit.

La tasse contenant le lait de poule était sur la cheminée. Lafarge avait essayé d'y goûter, mais la fadeur de ce breuvage lui soulevant le cœur de dégoût, il n'avait pu boire même une gorgée. Mlle Brun remarqua qu'il y avait à la surface du liquide quelque chose de blanc. Aména Buffière s'en avisa, sans s'inquiéter, puisqu'elle avait fait elle-même le lait de poule.

— C'est peut-être du blanc d'œuf coagulé, dit M. Bardon.

Il prit un des flocons blancs entre deux doigts, et le sentit dur et friable comme du plâtre.

— … ou de la chaux qui sera tombée du mur dans le lait… ou du sucre mal raffiné…

Il goûta cette étrange matière, mais il avait précisément à la langue une petite blessure, et il ne sut d'où lui venait une sensation de cuisson. Mme Buffière l'imita et sentit une saveur âcre et forte. D'un geste irréfléchi, elle jeta le lait de poule dans le foyer.

Alors, au fond du bol, elle vit un sédiment blanchâtre d'une consistance terreuse.

Sucre ou plâtre ? L'expérience et la contre-expérience répondraient à cette question. Les trois femmes et le médecin s'en furent dans le capharnaüm d'Adélaïde Lafarge et fabriquèrent un troisième lait de poule, avec le même sucre qu'on avait mis dans les deux autres. Le sucre était un honnête sucre qui consentit à fondre. On jeta dans la mixture de la chaux, de la cendre, du blanc d'œuf, mais on ne put reproduire les flocons granuleux dont l'origine et la nature restèrent inexplicables. Le docteur n'était pas méfiant puisqu'il était un médecin Tant-Mieux. Il ordonna une potion calmante à son malade et une croûte de pain trempée dans du vin. Comme boisson, de l'eau sucrée. Et, se trouvant lui-même souffrant, M. Bardon s'en alla.

Adélaïde Lafarge avait serré dans l'armoire de sa chambre la tasse où demeurait le résidu plâtreux.

*　*　*

Marie, toute languissante, se leva, pendant que les dames Lafarge et le docteur étaient dans le capharnaüm. Elle ne sut rien de ce qui s'était passé.

À deux heures, elle prit son tour de garde au chevet de son mari. Mlle Brun dessinait près de la cheminée. La froide lumière hivernale pâlissait les couleurs de la chambre où, quelques semaines plus tôt, par une nuit d'ouragan, Emma et Marie, aux lueurs mourantes de leur lampe, avaient cru voir des fantômes. Dans le lit, qu'on avait tiré vers le milieu de la pièce, Charles gisait, livide, recroquevillé sur lui-même, et son geignement scandait ses douleurs qui ne cessaient plus. Marie dut penser qu'il avait besoin d'être fortifié, car elle prit, pour le lui donner, le verre de vin où trempait une croûte, selon l'ordonnance du Dr Bardon. Tenant ce verre, elle alla d'abord vers la commode placée entre les deux fenêtres, et Mlle Brun, qui lui tournait le dos, étant assise à contre-jour, entendit le tintement argentin d'une cuillère contre le cristal, puis le léger grincement d'un tiroir qu'on ouvrait. Tendrement, Mme Lafarge s'inclina vers son mari et lui offrit à boire. Il la regardait, à travers cette brume qui emplit les yeux des grands malades, et un peu de force se rassemblait dans son organisme presque détruit, lorsqu'il sentait, au-dessus de sa misère et de sa détresse, le rayonnement de ce visage.

Une main chérie soutenait sa tête, une voix chérie l'engageait à boire. Boire !... Il avait toujours soif. Sa gorge était comme corrodée par un acide. Docile, il tendit ses lèvres, avala une gorgée de vin et cria :

— Que me donnes-tu là, Marie ? Ça me brûle... Mlle Brun tressauta sur sa chaise.

— Qu'a-t-il ?

— Il dit que ça lui brûle la gorge, fit Mme Lafarge en se redressant. Ce n'est pas étonnant. Il a une inflammation et M. Bardon lui ordonne du vin.

Mlle Brun aperçut un peu de poudre blanche sur la surface de la panade.

— Je vais préparer quelque chose de plus doux, dit Marie.

Elle s'enferma dans son cabinet de toilette et rinça complètement le verre. Un mouvement instinctif avait poussé Mlle Brun vers la commode. Sur le marbre, il y avait une fine traînée de poudre et, dans le tiroir entr'ouvert, on apercevait un joli petit pot de porcelaine peinte. La traînée de poudre correspondait avec le petit pot. Anna Brun mit un peu de cette poudre sur sa langue, et elle sentit un picotement qui dura près d'une heure.

Mme Lafarge revenait du cabinet de toilette, rapportant un verre d'eau sucrée qu'elle posa sur une table, près du lit. Quand elle retourna se chauffer, Anna Brun trouva un prétexte pour se rapprocher de la table.

Le verre contenait très peu d'eau, et des parcelles de poudre blanche, comme un sable fin et résistant.

— Voyez donc, Madame, ce qu'il y a dans ce verre.

— C'est de la gomme.

— Mais la gomme est poisseuse, et elle se dissout !

Mme Lafarge répéta :

— C'est de la gomme. Du reste, je vais boire. Elle s'empara du verre, le remplit d'eau et but. Dans la soirée, elle eut des vomissements, mais elle en avait tous les jours, et cela ne prouvait rien quant aux qualités de la poudre.

Chapitre XV

C'était ce même soir du 11 janvier. Emma Pontier, arrivée de Lascaux, où sa famille avait une maison de campagne, devait passer une partie de la nuit auprès de Charles avec Marie et Mlle Brun, pour relayer la mère et la sœur, exténuées de fatigue. Il avait fallu sa présence, sa promesse de ne pas quitter Charles pour qu'Adélaïde Lafarge consentît à sortir du salon. Depuis quelques heures, la pauvre femme sentait entre elle et son enfant une obscure menace qui commençait de prendre une figure et un nom. Elle avait refusé de descendre pour souper. Maintenant, dans sa chambre, Aména, Mlle Brun et Philippe Magnaud étaient venus la rejoindre. La même pensée les obsédait tous. Aucun n'osait l'exprimer. Ce fut la mère qui parla.

— Je suis horriblement inquiète. J'ai aperçu, dans les mains de Clémentine et d'Alfred, un paquet de quinine. Était-ce bien de la quinine ? Ils m'ont paru très gênés, tous deux, en me voyant, je l'ai dit à ma fille. Nous avons fouillé le panier à ouvrage de Clémentine. Il n'y avait rien que des chiffons... Mais voici qui me paraît plus grave...

Sa voix tremblait.

— ... Aujourd'hui, pendant que je donnais des soins à Charles, je vis Marie mettre quelque chose dans une cuillerée de potion. Elle regardait de mon côté, comme pour m'observer, et elle croyait que je ne remarquais rien. Je me suis écriée : « Charles, ne bois pas. Ça te fera du mal. » Trop tard. Il avait déjà bu et il faisait une grimace de dégoût. Je saisis la cuillère. Il restait, au fond, un dépôt épais et blanchâtre. Je dis à Marie : « Qu'avez-vous donné à mon fils ? » Elle répondit : « C'est de la poudre de gomme. – Vous n'auriez rien dû ajouter à la potion prescrite par le médecin. – Oh ! de la gomme, j'en mets dans toutes mes tisanes. » Je voulus qu'on ne touchât pas à la cuillère et je la posai, avec soin, sur la cheminée ; puis je dus m'occuper de Charles. Eh bien, pendant que j'avais le dos tourné, Marie essuya prestement la cuillère, et elle était assez troublée puisqu'elle oublia de la replacer dans le même sens.

Mlle Brun jeta un cri :

— Mon Dieu ! Si c'était de l'arsenic !

Le mot terrible tomba dans le silence de la chambre à peine éclairée, où les coins d'ombre contenaient des choses baroques, où les meubles disparates et les murs humides sentaient le renfermé, la poussière, la vieillesse. Dans ces demi-ténèbres, la petite forme noire d'Adélaïde Lafarge sembla tout à coup, réduite, cassée en deux.

Mlle Brun chuchota :

— Hier, Denis a remis un paquet de mort-aux-rats à Mme Charles.

La mère gémit.

— Il l'avait acheté à Brive, chez Lafosse, dit Magnaud. Je l'ai su. Lafosse avait exigé une demande écrite. Il faut que Denis s'explique devant nous, à l'instant.

Denis, introduit dans la chambre, n'essaya pas de nier. Il y avait même une sorte de joie dans son aveu.

« Oui, j'ai rapporté de l'arsenic de Brive pour Mme Charles. Je le lui ai remis hier... Elle m'avait ordonné le secret, mais, puisqu'on m'interroge, je dirai la vérité. »

Il raconta comment il avait reçu les ordres réitérés de Mme Charles, sa répugnance à obéir, ses doutes, ses scrupules. Il avait eu peur de perdre sa place, si Mme Marie s'acharnait contre lui, mais il comptait bien avertir la famille Lafarge.

Quand il fut parti, Mlle Brun, à son tour, dit tout ce qu'elle avait vu : la poudre jetée dans le lait de poule, dans l'eau sucrée, dans la panade au vin, la traînée blanche sur la commode du salon, le petit pot dans le tiroir.

— Avez-vous conservé le résidu du lait de poule ? demanda Philippe Magnaud.

Adélaïde Lafarge sortit de l'hébétude où le choc de ces révélations l'avait plongée.

— Là, dans mon placard, dit-elle. J'ai gardé tout.

— Je le porterai demain à Eyssartier. Il fera l'analyse.

Mme Buffière pleurait :

— J'ai donné à Charles de l'eau sucrée, préparée par Marie… Mon pauvre frère !… Il faut l'avertir. C'est épouvantable ! Mais il faut l'avertir sans que Marie n'en sache rien, et qu'il ne prenne aucun remède, aucun aliment que de nos mains… Nous ne pouvons pas hésiter. Ce serait sa mort.

Elles eurent cette barbarie, la mère et la fille, penchées sur le petit lit de sangle où Charles semblait agoniser. Elles lui dirent que des soupçons leur étaient venus… qu'on avait vu Marie mêler une poudre suspecte au lait de poule, aux boissons… Charles, du fond de sa torpeur que des spasmes secouaient par moments, entendit ces voix accusatrices. Il était trop faible pour réagir violemment, comme il le faisait naguère, dans sa force d'homme jeune, lorsque des volontés étrangères s'imposaient à sa volonté. Huit jours de souffrance l'avaient brisé. Il laissa parler sa mère qui lui tenait les mains et suppliait :

« N'accepte rien que de nous, Charles ! »

Il secouait la tête pour protester. Il essayait de défendre Marie.

« Quelle idée horrible !… Vous êtes folles toutes deux… Cet arsenic, Marie l'a demandé devant moi au Dr Bardon… Et puis… elle m'aime ! Vous le voyez bien ! Elle est douce pour moi. Elle me soigne… »

D'atroces crampes le saisirent. Il se tordit sur le petit lit, et sa mère dut lui tenir le front. Aux vomissements succédaient des syncopes. On ouvrait la fenêtre sur la nuit d'hiver ; on baignait d'eau glacée le front et les tempes du patient. Il revenait à la vie et à la douleur. Pendant un répit, il demanda la tasse du lait de poule. Sa mère la lui apporta. Il toucha la matière plâtreuse et l'écrasa entre ses doigts :

« Oh ! mon Dieu ! qu'est-ce que c'est ? Je ne connais pas cela. Vite, faites-le porter chez Eyssartier par quelqu'un de sûr… »

La peur dilatait ses yeux presque éteints.

Philippe Magnaud partit pour Uzerche au lever du jour. Il emportait le bol du lait de poule, simplement enveloppé de papier.

Il revint sans ce bol, que le pharmacien avait voulu conserver, et il dit à la vieille Mme Lafarge que M. Eyssartier avait, devant lui, pris un peu du dépôt blanchâtre sur un tube de verre, et l'avait présenté au feu. Une petite fumée blanche, qui sentait l'ail, s'était dégagée.

— Qu'a dit M. Eyssartier ?

— Il a dit : « Diable !… Diable !… » Et il m'a congédié pour faire d'autres expériences. « Revenez dans deux ou trois heures. » Je suis parti et revenu. Eyssartier est un homme prudent et pondéré. « Je vais poursuivre mes recherches, a-t-il dit, mais je ne serais pas étonné si cette matière était de l'arsenic… Je n'affirme rien encore. Cependant, recommandez à Lafarge de suivre le conseil que vous lui avez donné. »

Adélaïde Lafarge raconta que M. Fleyniat était venu de Vigeois dans la matinée.

— Lui aussi craint le poison. Il a dit à Charles : « Est-ce que tu n'as pas pris à Paris des substances nuisibles ? » Charles a répondu : « Non ». Le cousin nous a regardés, ma fille et moi. Quand il fut hors de la chambre avec Aména, elle lui demanda : « Vous le trouvez donc bien malade ? — Il s'est suicidé. — Lui ! se suicider ? Il est trop religieux pour cela. Il a été empoisonné, et nous soupçonnons… ma belle-sœur. » Le cousin resta suffoqué. « Voyons, Aména, c'est infâme. Il faut avoir des preuves pour porter une accusation aussi grave ! — Ne savez-vous pas, mon cousin, que Marie a écrit à mon frère une lettre épouvantable lorsqu'elle est arrivée ici ? Et c'est depuis qu'elle lui a envoyé des gâteaux qu'il est malade… » Le cousin ne fut pas convaincu. Il me dit de frictionner Charles, sur l'estomac, avec une flanelle imbibée d'huile d'olive et de laudanum. J'ai un morceau de flanelle, pour ces frictions, et je le lave moi-même. Il était sur le canapé du salon. Marie ou peut-être Clémentine, à coup sûr l'une ou l'autre, l'avait placé là. Je le pris. Il en tomba une poudre blanche, raboteuse comme de la chaux. Je ne voulus pas m'en servir. Je le plaçai dans l'armoire de ma chambre… »

*   *   *

Maintenant, Charles savait tout.

Il avait poussé un cri :

« De l'arsenic !… Ah ! je suis mort !… J'en ai pris tellement !… »

Et il avait supplié sa mère, sa sœur, Magnaud, Anna Brun, son fidèle pionnier Joseph Astier, de ne pas le quitter. Il voulait qu'on entourât son lit. Mme Buffière essayait de le rassurer, mais elle l'interrogeait aussi :

— N'as-tu pas été malade, toujours malade, depuis que tu as mangé les gâteaux que Marie t'a envoyés ?

— J'en ai mangé… Écrivez à Paris, écrivez tout de suite, pour savoir s'il en reste dans cette chambre…

Ivre de souffrance et d'épouvante, Charles ne se souvenait plus qu'il avait reçu un seul gâteau, et personne ne soupçonnait encore le miracle des choux limousins transformés en galette picarde. Mais les ténèbres épaissies autour de la maladie inexplicable s'éclairaient sourdement. Des faits isolés se reliaient, des mots entendus prenaient un sens nouveau. Par ce matin d'hiver, dans la chambre où se défaisait, en d'horribles secousses, la vie d'un homme, une figure surgissait, petite, délicate, comme accablée du poids de ses cheveux noirs, comme brûlée du feu de ses yeux noirs, si gracieuse avec ses gestes élégants, si tendre avec sa voix légère. Et soudain révélée dans sa vérité, elle laissait voir, à travers le doux masque féminin, la face hideuse de la Mort. Tout ce qui venait d'elle était du poison. Tout ce qu'elle touchait se dissolvait en pourriture. Sa présence remplissait la maison d'une odeur de tombeau.

Et pourtant Lafarge doutait encore. Il disait bien qu'il fallait écrire à Félix Buffière, afin que celui-ci, avec deux témoins, se rendît à l'hôtel de l'Univers, cherchât les restes des pâtisseries, s'il y en avait, et les fît analyser par un chimiste. Il disait bien que, guéri ou condamné, il voulait savoir la vérité. Des exclamations lui échappaient, des phrases qu'il n'achevait pas… « Ah ! cette femme, cette femme ! Il faut être bien misérable, bien coquin pour… » La grande vague de la douleur physique, se levant dans les entrailles rongées et les membres tordus, emportait l'autre douleur, et, sur l'âme déjà vacillante, tout d'un coup faisait la nuit.

Il y eut, ce dimanche tragique, dans la maison, dans la chambre même du mourant, un défilé de visiteurs. Le domestique de

M. Fleyniat apporta, de la part du cousin, un traité de toxicologie, par M. Orfila, marqué à l'article : Antidote pour combattre l'arsenic. Denis entra chez Lafarge pour la première fois depuis sa maladie. Vinrent aussi M. Boscheron, directeur du haras de Pompadour, et l'avocat Chauveron. Emma Pontier était repartie pour Lascaux.

Chapitre XVI

La servante du Dr Quentin-Lespinas appela son maître :

« Monsieur ! on vient vous chercher pour un malade. »

Le docteur s'était réveillé en sursaut. Il regarda sa montre : minuit. Ces alertes nocturnes sont si fréquentes dans le métier de médecin de campagne, qu'on s'y accoutume comme une nourrice aux cris de son nourrisson. Tiré du sommeil, M. Lespinas hésitait pourtant à se lever. Tant de fois on l'avait dérangé sans raison !

— Qu'est-ce que c'est ?

— Un homme avec un grand manteau et un chapeau rabattu sur la figure.

— Faites monter.

L'homme mystérieux fut introduit.

— Monsieur le docteur, je suis le commis de M. Lafarge, du Glandier. Il est très malade.

— De quoi ?

L'homme se pencha vers le médecin et dit tout bas :

— On croit qu'il est empoisonné.

— Empoisonné !… Comment ?

— Il aurait pris de l'arsenic.

Quentin-Lespinas sauta du lit.

— Je vais avec vous, mais d'abord, je ferai une ordonnance, et vous irez chercher les remèdes que j'indiquerai. Dépêchons-nous.

Denis alla réveiller le pharmacien et revint à une heure. M. Lespinas était tout prêt, son cheval sellé. Ils partirent.

La pluie tombait, torrentielle. De Lubersac au Glandier, il y a bien des côtes et des ravines, comme dans toute la montueuse Corrèze. L'eau dévalait les pentes avec un bruit de cascade ; elle s'amassait dans les creux, d'où le pied des chevaux la faisait gicler en boueuses éclaboussures jusqu'aux chapeaux des cavaliers. Les branches qu'ils frôlaient leur jetaient de lourds chapelets de gouttes froides. De loin en loin, le halo d'un petit feu indiquait une chaumière perdue dans les ténèbres et le déluge croulant.

Quand le chemin s'élargissait, les cavaliers se rapprochaient, botte à botte. Le Dr Lespinas posait de brèves questions, sèchement, car c'était là sa manière. Bon médecin, net, consciencieux et méfiant.

Denis raconta tout. Il tenta quelques insinuations que le docteur négligea de relever. Sa profession le laissait sans illusion sur les hommes. On a tôt fait d'accuser les gens quand on les déteste ou qu'on les craint.

Il était presque trois heures du matin lorsque les bâtiments du Glandier apparurent, masse plus noire que la nuit noire. Pas de lumière dans la cour. Pas de lumière sous la voûte d'entrée. Pas de lumière dans l'escalier.

Guidé par Denis, M. Lespinas monta l'escalier de pierre et traversa un large palier. Une porte s'ouvrit sur une antichambre, puis une autre, à droite.

L'immense pièce était noyée d'ombre autour du lit de sangle où Lafarge se débattait. Trois femmes s'empressaient autour de lui. En voyant M. Lespinas et Denis, l'une d'elles se redressa et s'avança vers la cheminée. La rougeur du foyer embrasait le bas de sa robe de chambre. Son visage, éclairé par-dessous, était pâle et fatigué, avec de grands yeux cernés et un menton saillant. Les deux autres femmes – l'une en état de grossesse visible – semblaient ignorer cette personne que regardait le médecin sans rien dire.

Il se dirigea vers le malade. Lafarge, capable encore d'ouïr et de comprendre, pouvait à peine parler. L'extraordinaire dépérissement de ce corps, naguère athlétique, avait rétréci les épaules, creusé la poitrine, fondu les muscles des bras. Plié sur lui-même, Charles semblait un enfant de treize ans avec un faciès de vieillard.

La gorge, à l'examen, se révéla rouge et enflammée. Les mains, les pieds étaient froids, la circulation à peine sensible. Lafarge balbutia que le médecin devait lui mettre la main sur sa poitrine pour saisir le battement de son cœur. Lui ne le sentait plus.

Et soudain sa tête se renversa.

Les deux femmes, tout en secourant Lafarge dirent que ces syncopes étaient continuelles. Ranimé, le maître de forges fut pris de nausées incoercibles. Tout son corps était fourmillant, comme piqué de milliers d'épingles. Une agitation folle le faisait se jeter à droite et à gauche. Mme Buffière et Mlle Brun le maintinrent, pendant que M. Lespinas lui faisait avaler le remède qu'il avait apporté. C'était du peroxyde de fer : un contrepoison. À la crise convulsive succéda une prostration complète. Pour laisser le malade reposer, Mme Buffière et Mlle Brun s'éloignèrent du lit, et elles engagèrent M. Lespinas à s'asseoir près du feu, à se chauffer, car il était perclus de froid. La jeune femme, qui se tenait encore debout, accoudée au chambranle de la cheminée, s'assit en face de lui et le remercia d'être venu au Glandier par cette nuit affreuse. Sa voix était singulièrement musicale, son regard doux et velouté. Elle avait la grâce naturelle de la femme et la grâce apprise de la mondaine. Près d'elle, Aména Buffière n'était qu'une bourgeoise de village, et Mlle Brun, qu'une « menette » aigrie et sucrée.

Et ce serait elle qui… M. Lespinas, honnête homme, ne voulait croire que ce qu'il aurait vu.

Elle devait être inquiète. Elle tâchait de désarmer la suspicion possible, de charmer ce médecin, cet inconnu, par l'aisance de ses manières et de son langage.

— Comment trouvez-vous mon mari ? demanda-t-elle à mi-voix.

— Je le crois très malade, répondit gravement M. Lespinas. Et il fit signe que Lafarge pouvait entendre, ce qui les obligea de prendre un autre sujet de conversation.

— Vous plaisez-vous dans ce pays, Madame ?

— Il n'est pas désagréable. On y fait de belles promenades. Je monte souvent à cheval.

— Ce n'est pas très prudent.

— Pourquoi ?

— Nos routes sont si mauvaises !

— Je ne crains pas la mort, dit la jeune femme, tristement.

Elle ramenait sur ses épaules la mantille de laine qui l'enveloppait. Qu'elle était pâle, et recrue de lassitude ! M. Lespinas lui conseilla d'aller dormir.

— Vous avez veillé plusieurs nuits, Marie, dit Mme Buffière qui se contraignait au calme. Il faut vous reposer maintenant. Ma mère va vous remplacer.

Mme Charles se fit prier. Elle consentit enfin à regagner sa chambre. Comme elle sortait, une dame âgée, en bonnet et en châle noir, entra, et toute l'atmosphère de la pièce fut changée. Les trois femmes entourèrent le médecin, le pressant de questions à voix basse, et sur la figure blonde d'Aména Buffière, comme sur la figure ridée d'Adélaïde Lafarge, passaient les expressions les plus violentes de l'angoisse, du chagrin et de la haine.

— Docteur, dit la vieille femme, nous vous demandons la vérité. Croyez-vous à un empoisonnement ?

— J'ai donné un contre-poison à votre fils, Madame. C'est tout dire.

Aména Buffière éclata en larmes.

— C'est cette malheureuse… – elle montrait la porte de la chambre où était sa belle-sœur c'est cette malheureuse qui l'aura empoisonné !

M. Lespinas l'interrompit :

— Madame ! Songez-vous combien ces suppositions sont graves… terribles…

— Vous ne savez pas tout, fit Aména. Écoutez…

Elle lui répéta ce qu'il avait entendu, par la bouche du commis, pendant le voyage. Elle insista sur les détails. Mlle Brun faisait des signes d'assentiment.

— Quelle serait donc, selon vous, demanda le médecin, l'origine de cette maladie ? la première cause ?

Mme Buffière dit alors l'envoi des gâteaux, l'indisposition de Charles et, reprenant l'histoire du ménage, à ses débuts, elle raconta les répugnances de Marie Cappelle pour son mari, son désir de fuir le Glandier.

— Elle n'a jamais eu d'affection pour mon frère. Six semaines avant l'envoi des gâteaux, elle a feint des sentiments plus tendres, mais elle mentait. Elle a toujours menti.

M. Lespinas était profondément troublé. Il résistait, par scrupule, à la pression morale que ces femmes exerçaient sur lui. Comme tous les médecins, il avait quelquefois soupçonné, côtoyé, les crimes secrets qui s'accomplissent sous l'ombre des rideaux, où se satisfont les convoitises et les haines familiales. Et dans le cas de Lafarge, les présomptions, à défaut de preuves, étaient bien fortes.

Cette jolie femme dont la grâce touchait le cœur, une empoisonneuse !

— Venez ! Venez ! dit la vieille Mlle Lafarge. Vous allez voir...

Elle l'emmena dans sa chambre, lui montra l'eau panée, les boissons enfermées sous clef. Dans les vases qui les contenaient, on distinguait un précipité blanchâtre qui ressemblait à de l'oxyde blanc d'arsenic. Elle ramena ensuite le docteur dans la chambre de Charles. Il y trouva Philippe Magnaud, qui lui raconta l'expérience d'Eyssartier et Mlle Brun, qui lui fit remarquer la traînée de poudre sur la commode et le petit pot dans tiroir.

Avec les barbes d'une plume, M. Lespinas ramassa un peu de cette poudre et la jeta sur des charbons ardents. Une forte odeur alliacée s'en dégagea.

Le médecin ne doutait plus du crime, s'il n'osait encore reconnaître la criminelle. Cela, c'était l'affaire de la justice. Lui, Lespinas, devait constater seulement l'état du malade, la nature des substances qu'on lui avait fait absorber et le mettre en garde... En garde contre qui ?... Le docteur se promit de ne prononcer aucun nom.

Il s'approcha de Lafarge et lui dit :

— Monsieur Lafarge, vous prenez quelque chose qui vous fait du mal.

— Quoi ?... Vous croyez... vous croyez...

L'anxiété du malheureux frappa le médecin.

— Je ne crois rien. Je n'ai rien vu. Je répète seulement que vos boissons renferment une substance nuisible.

— Ah ! docteur ! que me dites-vous là !... Faite des recherches... Tâchez de découvrir... J'ai confiance en vous... Je poursuivrai.

— Il y a autre chose... Est-il vrai, monsieur Lafarge, qu'on vous ait envoyé des gâteaux à Paris et que vous en ayez mangé ?

— Je n'en ai pris qu'une bouchée et j'ai eu aussitôt des vomissements qui ont duré vingt-quatre heures...

— Vous êtes averti. N'acceptez rien que de la main de votre mère et de votre sœur...

M. Lespinas n'avait prononcé aucun nom, mais Lafarge avait compris.

Le docteur dormit quelques heures et repartit pour Lubersac. Dans l'après-midi, il reçut une lettre de M. Brunet, officier aux haras de Pompadour et très lié avec M. Lafarge, M. Brunet était allé au Glandier, avec M. de Saint-Pastour, vétérinaire à Arnac. Ils avaient trouvé leur ami presque mourant.

M. Lespinas retourna au Glandier vers le soir. Lafarge s'affaiblissait d'heure en heure. Si les vomissements étaient moins fréquents, les syncopes étaient plus rapprochées et plus longues. On avait posé des sangsues au cou du moribond. M. Lespinas savait bien que tous les soins seraient inutiles. Il essaya, par devoir professionnel, de prolonger ce trop long supplice d'un condamné. Rien ne fut épargné à ce débris d'humanité qui n'avait plus de Charles Lafarge que le nom et la faculté de penser et de souffrir. Il faillit se délivrer dans une syncope. L'impitoyable charité du médecin l'arracha, une fois encore, à la grande miséricorde de la mort. On lui administra du carbonate de fer. On le ressuscita suffisamment pour qu'il vît le désespoir de sa mère agenouillée près de son lit, pour qu'il entendît le cri d'horreur qui se mêlait soudain aux prières entrecoupées et aux sanglots de la vieille femme :

« Oh ! mon Dieu ! qu'est-ce que je vois ? »

Ce qu'elle voyait, il le sentit sans le voir : il sentit que Marie était là, debout, au chevet du lit. Faiblement, il murmura :

« Maman, tu me fais mal, va-t'en ! »

Quelqu'un entraîna la pauvre femme. Le Dr Lespinas s'occupait à étancher le sang qui coulait, en filets rouges, du cou de Charles. Il était assis au bord de la couche étroite, appuyé sur une main. Lafarge s'abandonna, ferma les yeux. La soif inapaisable qui desséchait sa gorge s'accroissait par l'hémorragie des piqûres. Il murmura :

« Aména… à boire… »

Des doigts de femme soulevèrent sa tête pesante. Aména. Sa petite sœur. Il entr'ouvrit ses yeux noyés d'un brouillard opaque, pour apercevoir la figure aux cheveux blonds qui venait à lui du fond de son enfance. Une cuillerée d'eau glacée sépara ses lèvres brûlées à vif. Marie. C'était Marie. Il fit un mouvement. Voulut-il parler ? Préféra-t-il, au seuil de l'éternité, la seule réprobation du silence ?

Fut-il généreux ou lâche ? Prit-il conscience de ses fautes à lui, de ses fautes connues et de ses fautes cachées qui éclateraient après sa mort ? Elles l'obligeraient au pardon afin qu'il fût pardonné lui-même par le Juge qui pèse les crimes et les misères, et départage les châtiments selon les responsabilités qu'il connaît seul.

Il ne dit rien. Il but. Marie remporta le vase d'eau glacée. Alors, un sourire triste et sardonique crispa les lèvres du mourant. Il regarda le médecin, puis sa femme, et, par un dernier effort de ses membres martyrisés, il se tourna dans son lit et ne parla plus.

* * *

Emma Pontier revint de Lascaux dans la soirée. Elle apprit que Charles avait reçu les derniers sacrements. Au Dr Lespinas s'étaient joints le Dr Bouchez, de Vigeois, et M. Fleyniat. Ils se remplaçaient l'un l'autre auprès de Lafarge, spectateurs impuissants d'une épouvantable agonie.

Et Marie ? Le cœur de la jeune fille s'émouvait pour elle. Pauvre Marie, victime d'une jalousie stupide et méchante, elle perdait tout en perdant Lafarge, qui cependant ne la valait point, mais il lui restait celle qui ne l'abandonnerait jamais, sa sœur d'élection, sa confidente, sa petite Emma.

Mlle Pontier courut à la chambre rouge. Marie était seule. Toutes deux s'embrassèrent en pleurant.

Marie gémissait :

— Charles est bien mal... Et nous le croyions mieux portant quand vous nous avez quittés...

Et d'une voix coupée de sanglots :

— Concevez-vous, Emma, que dans l'état où est mon mari personne, depuis ce matin, ne m'a serré la main ? Personne ne m'a adressé un mot de consolation ! L'on m'éloigne du lit de Charles. On craint peut-être que je ne lui parle d'affaires d'intérêt. On me connaît bien peu.

Emma réconforta sa cousine, la contraignit à se coucher, la soigna avec toute sa tendresse indignée, puis elle dut la quitter. D'autres encore, une mère, une sœur avaient besoin d'elle, et le cœur d'Emma ne résistait jamais à l'appel des larmes. Toute la nuit, cette enfant délicate, qui voyait, pour la première fois les hideurs de l'agonie, se partagea, infatigable, entre son amitié et sa pitié. Elle respira l'air fétide de la chambre encombrée de gens qui, parmi les cris et les pleurs de la mère, les prières des servantes agenouillées, les soins dérisoires des médecins et le râle de Lafarge, regardaient mourir le maître du Glandier. Ouvriers, pionniers, commis, paysans, domestiques, venaient aux nouvelles. Chacun tâchait d'entrer et demeurait sur le seuil de la chambre sombre, disait un mot, fuyait, effaré. Une atmosphère de fin du monde enveloppait la maison. Le mouvement insolite des allants et venants, dans la cour, inquiétait les chevaux à l'écurie, et parfois le long hurlement tremblé d'un chien qui saluait l'invisible Visiteuse, allait troubler les loups à l'affût dans les bois.

Dans cet enfer de douleur et de deuil, Emma Pontier passait avec sa douceur d'ange. Ceux qui pleuraient, celui qui mourait, percevaient à peine sa présence, mais ils la sentaient comme un mystérieux secours. Ses mains pures essuyaient la sueur du moribond et mouillaient d'eau fraîche les lèvres d'où sortait un halètement mécanique. Les médecins, M. Fleyniat, lui disaient de se reposer. Elle n'y consentait que pour aller retrouver Marie, et recommencer auprès d'elle son office de charité.

Ce fut au cours de cette nuit, qu'en arrangeant les vêtements de sa cousine, elle aperçut, dans la poche du tablier de soie, une petite boîte d'agate noire contenant une poudre blanche. Les anges même sont curieux. Emma avait entendu parler de poison. Elle s'imagina que Marie méditait de se suicider. Elle prit une pincée de cette poudre, la mit dans un papier plié, et alla dire à M. Fleyniat :

— Mon oncle, voyez donc ce que j'ai trouvé chez mon père. Qu'est-ce que c'est ?

Car les anges peuvent mentir lorsqu'ils deviennent des femmes, et qu'ils croient que leur mensonge, innocemment ingénieux, empêchera de grands malheurs.

— C'était dans un meuble. De peur que mon frère et ses camarades, qui furettent partout ne se rendent malades en y touchant, j'ai voulu vous remettre cette poudre afin que vous en fassiez l'analyse.

M. Fleyniat suspecta quelque chose de grave.

— Je n'ai pas le temps, Emma. Et il fait trop sombre…

Et la regardant avec sévérité :

— Je te prie de n'en parler à personne.

Emma retourna vers Charles. Il ne voyait plus et n'entendait plus. Sa mère se jeta sur son corps et fut prise d'une crise de nerfs. On l'emporta.

La jeune fille se mit à genoux et récita les prières des agonisants. Charles Lafarge mourut avant l'aube.

Chapitre XVII

Le lendemain même, 14 janvier 1840, Léon Buffière écrivit au procureur du roi, à Brive :

J'ai l'honneur de vous informer que M. Charles Pouch-Lafarge, du Glandier, mon beau-frère, vient de succomber. Son genre de maladie, diverses substances recueillies, et particulièrement l'opinion de M. Lespinas, médecin à Lubersac, font présumer un crime.

Je viens en conséquence, monsieur le procureur du roi, porter à votre connaissance toutes ces particularités afin que, dans l'intérêt de la justice, vous ordonniez ce que vous jugerez à propos.

Je suis, avec regret, etc.

Ce même jour, Emma Pontier coupa une mèche des cheveux du mort et la remit à sa tante Lafarge et à sa cousine Buffière.

— Marie, leur dit-elle, m'a donné une grosse tresse de ses cheveux pour la placer entre les doigts du pauvre Charles.

Elle fut foudroyée par le cri des deux femmes :

— Jamais ! Garde-t'en bien ! C'est elle, c'est Marie qui l'a empoisonné.

Mais ce choc n'ébranla qu'un instant la foi mystique d'Emma dans l'innocence de Marie. Pour elle, une idée domina toutes les autres, repoussant dans l'ombre des doutes involontaires, des soupçons naissants dont elle rougissait :

« Marie, si on l'accuse, tombera dans le désespoir. Elle se tuera, on dit qu'il y a de l'arsenic dans la maison. Elle en a pris, peut-être, dans sa boîte… »

La pauvre Emma ignorait le mal. Elle avait, sur la vie et sur la nature humaine, les notions conventionnelles que peut posséder une très jeune fille sans expérience qui juge ceux qu'elle aime avec son cœur, et non avec sa raison. Chérissant, admirant sa cousine, elle trembla du péril que Marie allait courir. La mère et la sœur de Charles se trompaient de bonne foi, puisqu'il peut y avoir de la bonne foi dans la haine. Elles seraient impitoyables. Il fallait avertir Marie, la sauver.

M. Fleyniat était parti. Il avait emmené Mlle Brun, qui était souffrante. À Vigeois, elle eut une crise de nerfs. Elle roulait des yeux hagards, poussait des cris et tournait sans cesse le petit doigt de sa main droite, comme si elle eût remué quelque chose au fond d'un bol.

C'est alors que M. Fleyniat se souvint de la poudre qu'Emma lui avait confiée. Il en jeta une pincée sur des charbons ardents, et il reconnut, l'odeur d'ail caractéristique de l'arsenic.

*　　*　　*

Il revint au Glandier et fit parler sa nièce. Elle avoua :

— Cette poudre, je l'ai prise dans la chambre de Marie.

Elle dit aussi qu'elle avait demandé la boîte d'agate à Clémentine et qu'elle en avait parlé à Marie. Celle-ci ne s'était pas émue.

« Vous êtes une enfant, avait-elle dit, ma pauvre Emma Gardez cette boîte si vous voulez. Il n'y a que de la gomme. J'en prends constamment, à cause de ma toux. »

— Serre la boîte, ne la remets à personne, dit M. Fleyniat.

Il voulait encore douter de la culpabilité de Marie.

Emma conserva la petite boîte, mais son désir de sauver sa cousine devint une obsession. Elle se représenta les événements qui se passeraient, s'il y avait des perquisitions, une descente de justice.

Un mot mal compris, une lettre mal interprétée, peuvent accabler un innocent. Enfin, dans les papiers de Charles, on trouverait toute la correspondance échangée avec Marie pendant ce malheureux voyage à Paris, la lettre qui annonçait l'envoi des gâteaux et qui engageait Charles à inviter Mme de Violaine. Marie n'aurait pas voulu empoisonner sa sœur ! Ce seul détail suffirait à la justifier. Mais, dans la folie de haine qui rendait la famille Lafarge comme enragée, ces lettres précieuses pourraient être enlevées et détruites.

Emma savait où étaient ces lettres : dans un meuble de la chambre rouge. Elle alla les chercher et les remit à la veuve. Il était temps. Un serrurier de Beyssac, Joseph Portier, avait été requis par Mme Lafarge, la mère, de se rendre immédiatement au Glandier.

Il fut reçu par la vieille dame en grand deuil, calme, pâle, froide, qui le fit entrer dans le salon où gisait son fils, sur un lit de sangle, dans la pénombre des volets fermés. Un moment après, elle l'introduisit dans la chambre rouge, ferma toutes les portes au verrou, et ouvrit un placard entre les deux fenêtres. Là, était le secrétaire en bois de noyer où Lafarge serrait ses papiers et ses documents. Sur l'ordre de la mère, le serrurier força le meuble. Avec un ciseau et un marteau, il détacha la bande de cuivre qui fermait le tiroir secret. Mme Lafarge lui dit de prendre tous les papiers, de les mettre en tas dans un fichu noué par les quatre bouts, et de les porter dans sa chambre. Ce qu'il fit.

Dans cette chambre, il aperçut la jeune veuve. Elle était assise, la tête appuyée au dossier de son fauteuil et paraissait ne rien savoir de ce qui s'était accompli à quelques pas d'elle.

* * *

Les scellés furent posés le 15 janvier par le juge de paix de Lubersac. Le même jour, arrivèrent le juge d'instruction Léon Lachapelle, le commis greffier Vicart et le procureur du roi Rivet. Ils avaient donné rendez-vous aux Drs Massénat et Tournadoux-Dalbay, qui ne purent venir. M. Lachapelle entendit seulement Mme Lafarge mère et s'en fut coucher à Lubersac. Le lendemain, le Dr Lespinas et le Dr Bardon se joignirent à leurs confrères. Ils prêtèrent serment et procédèrent à l'autopsie. La chambre-salon où Lafarge était mort tint lieu d'amphithéâtre. Sur une table, le triste cadavre ratatiné et basané, où la décomposition commençait déjà, fut ouvert par les mêmes mains qui avaient soigné le corps vivant. Les lésions qui se révélèrent confirmèrent l'extrême probabilité, sinon l'entière certitude d'un empoisonnement. Des viscères furent prélevés et réservés pour l'examen ultérieur, ainsi que tous les vases contenus dans l'armoire d'Adélaïde Lafarge.

Pendant que les médecins achevaient leur funèbre cuisine, un étrange incident se produisit.

Le juge d'instruction de Brive apporta aux magistrats un paquet de poudre blanche que les deux jeunes domestiques du Glandier, Alfred Montadier et Jean Bardon, avaient enterré dans le jardin, du côté du cloître.

Ces deux garçons, d'esprit simple, totalement illettrés, avaient tellement entendu parler de poison qu'ils avaient pris peur. L'un et l'autre étaient allés, le 5 janvier, acheter de l'arsenic à Uzerche. Et voilà que l'on accusait Mme Charles d'avoir empoisonné son mari ! Est-ce qu'Alfred et Jean ne seraient pas considérés comme des complices, jetés en prison, condamnés à l'échafaud !… Alfred en perdit l'esprit. Il voulait se jeter dans la rivière. Il voulait qu'on mît en terre, vite, vite, le pauvre défunt, à peine refroidi. Il se rappelait aussi que Madame avait remis un paquet de mort-aux-rats à Clémentine, et que Clémentine, effrayée, l'avait fourré dans un vieux chapeau, sur une tablette, au-dessus du bureau de M. Lafarge. Après cela, le chapeau tomba, le paquet resta sur le bureau. Alfred le trouva et demanda à Clémentine ce que c'était.

— De l'arsenic.

— Et qu'en faire ?

— Ce que vous voudrez.

— Il faut mettre ce paquet dans l'eau, dit Jean Bardon.

— Non, dans la terre, dit Alfred.

Et ils allèrent l'enfouir. Mais le remords de cette action qui leur paraissait énorme, fut plus puissant que leurs craintes puériles. Ils se confessèrent au juge d'instruction et déterrèrent devant lui le paquet.

Et Lafarge, ou ce qui restait de lui, le corps dépecé, voilé dans un linceul ensanglanté, trouva enfin le repos dans la terre. Il n'y devait pas reposer longtemps.

Chapitre XVIII

Le jour même des funérailles, les Buffière emmenèrent la vieille
Mme Lafarge à Faye, près de Saint-Yrieix ; Emma Pontier repartit
pour Uzerche, en promettant de revenir bientôt : la forge s'éteignit
faute de charbon, et la maison aux volets fermés ne sembla plus
vivre que par la fumée de son toit. Plus de jardinier dans le jardin
où les arbres, couleur de plomb et de rouille, grelottaient au vent
d'hiver. Plus d'ouvriers sur la terrasse. Çà et là, une charrette ou-
bliée, des outils gisants. Le Glandier commençait à mourir de la
mort de son maître.

Au dedans, même silence, même solitude. Tandis qu'à Brive les
experts faisaient leur besogne, et que déjà toute la Corrèze s'en-
fiévrait aux rumeurs du drame, Marie Lafarge – redevenue, pour
tous, Marie Cappelle – était clouée à cette maison lugubre qu'elle
ne pouvait pas quitter. Fuir eût passé pour un aveu, et l'inexorable
main que la veuve sentait s'approcher, l'eût partout retrouvée et saisie. Il fallait faire face au destin.

Quelles furent les pensées de cette femme, durant ces trois jours
où elle demeura seule, entre Clémentine qui continuait de l'adorer
et Denis qui continuait de la haïr ? Quels souvenirs l'assaillirent,
lorsqu'elle s'asseyait dans le fauteuil où Lafarge s'était assis, lorsqu'elle se couchait dans le lit où il s'était couché ? Comment le re-
voyait-elle : vivant et fort, ou réduit et délirant ; riant de son gros
rire, ou criant, les entrailles déchirées ; tendre comme il était devenu, ou brutal comme il s'était montré d'abord ; le Lafarge d'Orléans
et d'Uzerche, prêt à enfoncer les portes, ou le Charles de Paris, qui
écrivait, avec son sang, la promesse de ne jamais quitter Marie « ni
dans ce monde, ni dans l'autre » ?

Le remords, ange noir, ne visite pas une Marie Cappelle. S'attendrir
sur Lafarge ? Elle a bien d'autres soucis plus personnels et plus
pressants ! Elle a une défense à préparer, des amis à conserver, à
convaincre, à dresser autour d'elle comme un rempart. Elle a surtout à composer un personnage nouveau après tant d'autres : celui
de la femme calomniée, victime de machinations inouïes, accablée
par la fatalité. Et c'est le personnage qu'elle crée pendant ces jours
de solitude, et continuera de créer jusqu'à ce qu'elle se soit trans-
formée en lui, jusqu'à ce qu'elle ne le distingue plus d'elle-même,

et qu'entendant dire ce qu'elle voulait qui fût dit, et proclamer son innocence par ses « croyants », elle prenne tout naturellement l'attitude, l'accent irrésistible et les sentiments mêmes de la vertu persécutée.

Aussi, le fantôme de Lafarge peut bien rôder dans les corridors du Glandier et gémir avec le vent de la nuit et les loups de la lande. Marie ne le voit ni ne l'entend. Elle ne s'attarde pas à vivre un roman d'Ann Radcliffe, car elle sera, demain peut-être, livrée aux gens de justice, plus redoutables que tous les revenants.

Elle espère encore leur échapper. Elle compte sur le prestige de sa famille, sur la chaleureuse amitié de Raymond Pontier, d'Emma, du comte de Tourdonnet ; sur le dévouement canin de Clémentine ; sur les incertitudes de Fleyniat ; sur les contradictions des médecins et – carte suprême à jouer – sur le mystère qui est dans la vie de Denis et qui touche au passé de Lafarge. Ce Denis détesté de tous, et qui la déteste parce qu'elle l'a méprisé, il y a en lui des traits du criminel. Il a fait des voyages inexpliqués, dans le temps que Lafarge était à Paris. Il est allé chercher de l'arsenic à Brive, à Tulle… Pourquoi n'aurait-il pas songé à supprimer son maître afin de s'emparer du brevet ?

Tout cela n'est pas encore bien net, bien dessiné dans l'esprit de Marie Cappelle. Ce sont des linéaments qui s'esquissent, confus, variables, et qui s'ordonneront selon les nécessités d'un interrogatoire imminent.

Et voici que Lafarge lui apporte un élément de justification bien imprévu, calamité qui va tourner à la gloire de sa veuve. Un créancier, M. Roques, de Brive, se présente au Glandier. Il est déjà venu, le 13 janvier, pour réclamer le paiement d'une dette. Il n'a pu voir Lafarge, mais il a vu Marie qui lui a garanti tout ce qui lui était dû, garantie non valable puisqu'elle était consentie par une femme mariée, sans autorisation maritale. Il revient, s'adressant cette fois à une veuve. Il apporte une créance de vingt-huit mille francs. Il montre une lettre de M. de Violaine, qui n'est pas de l'écriture de M. de Violaine. Il montre des billets qui sont des faux ! Ce sont des effets « en l'air », portant la signature de personnes insolvables, ou même de personnes imaginaires.

Arrive un autre créancier. C'est un M. Bonaventure Brossard. Il a reçu de Lafarge des effets sur « M. Barbier ». L'un de ces billets était signé « Eyssartier ». Présenté à M. Eyssartier, d'Uzerche, celui-ci n'a pas reconnu sa signature et l'a laissé protester.

Alors, Marie Cappelle découvre que son mari a été un faussaire. Sans doute il avait eu l'intention de payer ces effets ; il n'y avait qu'un moyen illégal et coupable, mais transitoire, de gagner du temps. Il espérait que jamais son beau-frère de Violaine ne connaîtrait son subterfuge. Il avait compté sur le succès de son invention, sur l'exploitation de son brevet, sur l'avenir... L'avenir !

Marie ne pouvait hésiter. Même sauvée des griffes des juges, elle ne voulait pas, devant le monde, être la veuve d'un faussaire. Et le beau rôle que Lafarge, du fond de sa tombe, lui procurait, elle saurait le tenir. Un sacrifice d'argent était peu de chose au prix de sa liberté et de sa vie. Elle s'engagea formellement à désintéresser les créanciers de son mari. Mais elle ignorait encore que le « Barbier » des billets, c'était Denis et que l'influence de cet homme sur Lafarge, ses absences, ses voyages s'expliquaient par la complicité du maître et du commis.

* * *

Le 18 et le 19 janvier, les experts firent l'analyse des viscères et des boissons qu'ils avaient emportés. Ils ne connaissaient pas encore l'appareil de Marsh et leurs expériences furent incomplètes. Cependant, ils trouvèrent de l'arsenic métal dans le résidu du lait de poule, de l'acide arsénieux dans l'eau panée et dans l'eau sucrée, dans les liquides que contenait l'estomac et dans les tissus de cet organe. Ils conclurent :

« La mort du sieur Lafarge est le résultat de l'empoisonnement par absorption d'acide arsénieux. »

Le 21 au matin, le juge Lachapelle arrivait au Glandier. Il interrogea neuf témoins, dont Mme Lafarge, Mlle Brun et la tremblante Emma qui lui remit la boîte d'agate noire. Le 23, le procureur du roi, M. Rivet, requit mandat d'arrêt contre Marie Lafarge, née Cappelle.

Sur le conseil de MM. Brugère, Materre et Fleyniat, qui redoutaient le scandale de certaines révélations sur la famille Lafarge, Marie Cappelle écrivit au procureur du Roi, de Limoges,

M. Dumont de Saint-Priest, pour obtenir l'autorisation de subir la prison préventive au Glandier même, sous une garde suffisante, dont elle supporterait tous les frais. Mais le mandat devait être exécuté. Le 24 janvier, deux gendarmes conduisirent Marie Cappelle à la prison de Brive. Le départ avait été fixé à une heure après minuit. La jeune femme, accompagnée d'Emma, qui l'avait rejointe et ne voulait pas l'abandonner en ce moment terrible, monta une dernière fois sa jument grise et, sous des torrents de pluie, dans la nuit glacée, elle quitta le Glandier pour toujours.

ÉPILOGUE

Les événements qui suivirent sont connus. Il n'y a pas deux manières de les relater, car c'est au jour le jour que les procès-verbaux, les interrogatoires, et tous les ressorts de la mécanique judiciaire, ont raconté, dans leur sèche et stricte vérité, la vie de Marie Cappelle.

Elle n'était plus qu'une prisonnière, et la clameur de la foule qui l'avait accueillie à Brive exprimait l'hostilité de tout le pays limousin. Les gens qu'elle avait blessés par ses moqueries, les femmes surtout – car la femme est une louve pour la femme jalousée – trouvaient dans son crime la justification de leur rancune. Ce n'était pas un bien vif intérêt pour feu Lafarge, ce n'était pas un bien pur amour de la vertu qui animaient ces bourgeoises impitoyables. Certaines, il faut le dire, avant de connaître le détail de la cause, affirmaient déjà la culpabilité de Marie Cappelle et goûtaient l'âcre plaisir d'une revanche sur la Parisienne trop élégante, trop spirituelle, trop admirée, qui ne leur ressemblait pas.

Mais elle, avec cette énergie que ne relâche aucun remords intempestif, elle, devenue à ses propres yeux l'innocence malheureuse, regarde ce monde ennemi qui l'entoure, et tout de suite elle fait front. Son courage s'appuie sur un dévouement. Clémentine est près d'elle, partageant sa cellule, par une inexplicable faveur, Clémentine, dont elle modèle à sa volonté la pensée, dont elle rectifie les souvenirs, esclave adorante, alliée fidèle jusqu'à l'échafaud. La présence de cette humble amie est un des ressorts de la force de Marie Cappelle. Seule, elle défaillirait peut-être. Clémentine, cœur dévoué, oreille ouverte, est un témoin, un auditoire, et c'est beaucoup. À Marie Cappelle, il faut davantage : l'amitié d'un esprit supérieur et une protection virile. Elle connaît ses ressources, la puissance de séduction qu'elle essaye sur les gendarmes, ses gardiens, qu'elle essaiera sur le directeur de la prison, sur le médecin, sur la femme du portier, par habitude autant que par intérêt. Comment cette puissance incontestable ne s'exercera-t-elle pas plus utilement sur un homme qui épousera sa cause, sur le défenseur qu'il lui faut choisir ? Elle a demandé d'abord un avocat très connu : Me Théodore Bac, bâtonnier du barreau de Limoges. Elle se souvient maintenant d'un avocat plus jeune, très jeune, à peine vingt-deux ans : c'est celui qu'elle a entendu plaider aux assises de Tulle, celui que Raymond Pontier lui a présenté et qui les a accompagnés dans une promenade sur les hauteurs qui dominent la ville. Elle ne l'a jamais revu depuis, mais elle n'a pas oublié ce visage ardent, ces yeux un peu globuleux, cette voix dominatrice et persuasive. Et lui, a-t-il oublié la jeune femme qu'il regardait avec une admiration presque tendre ? Celui-là, certes, plus encore que Me Bac, sera pour Marie Cappelle un « croyant ».

Elle écrit à Charles Lachaud :

« Vous avez un admirable talent, Monsieur. Je ne vous ai entendu qu'une fois et vous m'avez fait pleurer.

Alors, pourtant, j'étais gaie et rieuse ; aujourd'hui, je suis triste et je pleure.

Rendez-moi le sourire en faisant éclater mon innocence aux yeux de tous. »

* * *

Un événement qu'elle n'avait pas prévu vint compliquer – et aggraver – une situation difficile. Le 31 janvier, M. de Léautaud, qui s'était toujours méfié de Mlle Cappelle, se rendit chez le préfet de police de Paris. Il pensait qu'une empoisonneuse peut être aussi une voleuse, et il demanda qu'une perquisition fût faite au Glandier.

Cette perquisition eut lieu le 10 février.

Dans un tiroir du secrétaire de Mme Lafarge, on trouva une petite boîte ronde en carton rose, qui contenait des diamants et des perles démontés.

Marie Cappelle déclara au juge que les diamants lui avaient été envoyés après son mariage, par un grand-oncle demeurant à Toulouse, de la part d'une grand'tante décédée dont elle ignorait le nom, avec laquelle elle n'avait jamais eu de relations, et qui lui avait légué ces pierreries. Un monsieur inconnu d'elle les lui avait remises, à Uzerche. Quant aux perles, Marie les possédait depuis longtemps et ne savait d'où elles lui venaient. La bague et la broche étaient des cadeaux de noces offerts par le général de Brack et Mme de Léautaud.

Les diamants, les perles, tous les bijoux, furent envoyés à Paris. M. et Mme de Léautaud, le bijoutier Lecointe, les reconnurent. Il fut démontré que jamais ni le général de Brack, ni Mme de Léautaud, n'avaient fait aucun présent à Mlle Cappelle. Et la conviction de Me Théodore Bac fut singulièrement ébranlée.

S'il était moins naïf que son jeune confrère – qui avait l'excuse d'être amoureux de leur cliente – Me Bac se devait pourtant aux intérêts de Mme Lafarge. Après lui avoir fait remarquer l'absurdité de son système de défense, il dut accepter la version qu'elle imagina, qu'elle maintint, qu'elle arriva sans doute à croire vraie : l'oncle de Toulouse, la grand'tante n'existaient pas. Marie Cappelle les avait inventés par générosité pure, pour tenir un serment sacré, et pour sauver l'honneur d'une amie. Car Mme de Léautaud s'était volée elle-même ! Elle avait voulu disposer de ses diamants, les faire vendre en secret par sa chère Marie, sa confidente, et, avec l'argent obtenu, payer le silence de M. Clavé. Oui, M. Clavé, l'ancien amoureux de Mlle de Nicolaï, qui ne l'avait jamais revue, qui s'était fixé en Algérie, était soupçonné de chantage !…

Me Bac fut bien obligé de croire ce qu'on lui racontait. Il partit pour Paris, porteur d'une lettre de Mme Lafarge adressée à son amie. Il demandait un entretien secret. Mme de Léautaud le reçut devant son mari et ses parents. Elle n'avait rien à leur cacher, dit-elle.

Et voici l'invraisemblable roman qu'elle lut tout haut, avec un étonnement qui devint de l'indignation :

Marie,

Que Dieu ne vous rende pas tout le mal que vous m'avez fait !

Hélas ! vous êtes bonne, mais je vous sais faible. Vous vous êtes dit

qu'arrêtée pour un crime atroce je pouvais subir cette accusation in-
fâme. Je me suis tue. J'ai remis à votre honneur le soin de mon hon-
neur : vous n'avez pas parlé.

Le jour de la justice est arrivé. Marie, au nom de votre conscience,
de votre passé, sauvez-moi !...

Suivait le récit des prétendues amours de Mlle de Nicolaï avec
Félix Clavé, la peur du chantage, le vol simulé, la sommation à
Mme de Léautaud de reconnaître, par un billet antidaté et signé
de sa main, qu'elle avait confié ses diamants à Marie Cappelle en
dépôt avec autorisation de les vendre. Mme Lafarge se targuait de
produire des « preuves » : le secret de ce dépôt, confié à Charles
Lafarge et dont elle lui parlait dans une de ses lettres en lui disant
de vendre les diamants chez Lecointe ; la réponse de Lafarge « *avec*
le timbre de la poste » qui en certifiait l'authenticité.

Mais pourquoi continuer, pourquoi ne pas parler seulement à votre
cœur et à votre conscience ? Voudriez-vous avoir ma mort à vous
reprocher ? Oh ! je ne survivrai pas à un doute. Je saurai mourir,
mais, devant le prêtre qui me délivrera de mes péchés, devant mes
amis, devant le Christ, je dirai que je meurs votre victime, que je suis
innocente, que je veux la réhabilitation pour mon tombeau, pour ma
mémoire que je léguerai au cœur de mes amis, etc.

Les Léautaud et les Nicolaï, revenus de leur stupeur, dirent à
Me Bac que cette infernale invention d'une détraquée ne les inti-
miderait pas un instant. Ils ne craignaient pas le débat, et ils s'in-
formeraient immédiatement de ce qu'était devenu Félix Clavé.

Après Me Bac, ce fut Me Lachaud que Marie Cappelle envoya chez
Mme de Nicolaï. Il la supplia de sauver Mme Lafarge, « même par un
roman ». Mme de Nicolaï répondit que le roman imaginé par Marie
Cappelle était fort mal combiné, puisque Mlle de Nicolaï, avant et
après son mariage, était libre de disposer à son gré d'une fortune
personnelle qui lui eût permis de dépenser de grosses sommes
sans en rendre compte à qui que ce fût.

Lachaud essaya de l'ébranler par la crainte du scandale.

* * *

« Eh bien, dit Mme de Nicolaï, nous paierons ainsi le malheur d'avoir connu Mme Lafarge. »

Le procès des diamants vint devant le tribunal correctionnel de Brive le 9 juillet 1840. C'était bien – comme le procès criminel qui fut jugé quelques mois plus tard – une affaire d'empoisonnement.

La calomnie est un poison autant que l'arsenic. Des vies ont été détruites par des lettres anonymes, par des accusations savamment préparées. C'est l'arme des faibles et des lâches, l'arme des haines féminines, l'exutoire de la mythomanie et de la jalousie.

Me Bac demanda que l'affaire criminelle fût jugée avant l'affaire correctionnelle. Il craignait que sa cliente n'arrivât déjà flétrie sur les bancs de la cour d'assises. Lachaud réclama la remise du procès, afin que les témoins à décharge pussent être convoqués. Les deux avocats redoutaient le débat. Ils employaient tous les moyens dilatoires pour le retarder, et ils annoncèrent que Mme Lafarge ferait défaut.

Les débats s'ouvrirent, et Mme Lafarge, comme on l'avait laissé prévoir, fit défaut. Mme de Léautaud témoigna qu'elle avait parlé à M. Clavé une seule fois dans sa vie, au bal de Tivoli ; qu'elle ne l'avait jamais revu depuis son mariage et qu'elle ne l'avait jamais cru capable d'un chantage déshonorant. Aucune des prétendues « preuves » de Marie Cappelle n'existait. Il lui était impossible de montrer la lettre de Lafarge « avec le timbre de la poste » et pour cause.

Le jugement, rendu le 15 juillet, fit ressortir « l'invraisemblance et l'absurdité de ce système de défense, le prétendu dépôt ne reposant que sur l'allégation de la prévenue, n'étant étayé sur aucune preuve, même sur aucun « adminuscule » de preuve ».

Et Marie Cappelle fut condamnée à deux ans de prison.

Elle fit appel.

*　*　*

Les débats du procès d'empoisonnement commencèrent le 4 septembre 1840.

Dès cinq heures du matin, les abords du Palais de justice de Tulle furent envahis par une foule où se coudoyaient l'aristocratie et la bourgeoisie du pays, des journalistes parisiens, des fonctionnaires, des officiers et quantité de femmes. Tout ce monde, venu comme aux arènes, s'entassa dans la salle surchauffée. Au banc de la défense, s'assirent Mᵉ Paillet, bâtonnier du barreau de Paris, Mᵉ Bac et Mᵉ Lachaud.

On vit paraître, conduite par Mᵉ Paillet, une mince femme très pâle et très brune, en grand deuil de veuve, coiffée d'une capote de crêpe d'où tombait un voile noir. Elle releva ce voile, et ses beaux yeux cernés regardèrent l'assistance, souriant à quelque figure amie, et ne se baissant pas devant les figures hostiles.

Pendant deux semaines, du 4 au 19 septembre, Marie soutint cette épreuve des longues audiences, parfois brisée, presque évanouie, portée sur un fauteuil par les huissiers du Palais, forçant la pitié d'un public qui avait voulu se repaître de sa honte et de ses souffrances, mais soutenue par une énergie intérieure qui ne fléchissait que pour se redresser, comme une épée de bonne trempe.

Le filet serré des témoignages l'enveloppa. Elle s'y débattit en faisant sauter, çà et là, des mailles. Indirectement, elle accusait Denis. La défense dévoila le rôle équivoque de cet homme – le « Barbier » des fausses traites – et sa haine avouée pour Marie Cappelle. Cependant, on ne voyait pas – on ne voit pas encore aujourd'hui – quel intérêt eût poussé le commis à empoisonner le maître des forges. Le garçon d'hôtel qui avait soigné Lafarge vint décrire l'unique gâteau qu'il avait déballé, qu'il avait vu sur la commode de la chambre et, quelques jours plus tard, jeté aux ordures. Félix Buffière rapporta sa visite à Lafarge souffrant. Lui aussi, avait vu le « délicieux gâteau ». On lui avait même offert d'y goûter ! Et il avait entendu la lecture de la fameuse lettre d'envoi où, soi-disant, Marie priait Lafarge d'inviter à la dînette symbolique Mᵐᵉ de Violaine. Félix Buffière se souvenait qu'il n'était pas fait mention de la jeune femme dans cette lettre… qui avait inexplicablement disparu. Mˡˡᵉ Brun raconta la fabrication du lait de poule, la poudre blanche versée dans la tasse, dans l'eau panée ; la traînée de poudre sur le meuble ; le pot de porcelaine du tiroir, où le Dʳ Lespinas et le pharmacien Eyssartier avaient découvert de l'arsenic. Il y en avait aussi, mêlé à la gomme, dans la boîte d'agate noire. Par contre, il n'y en avait pas trace dans les pâtées destinées aux rats. Le paquet remis à Clémentine par Mᵐᵉ Lafarge, et sottement enfoui par les deux nigauds de valets, n'était que du bicarbonate de soude.

Donc, les rats du Glandier n'avaient goûté qu'à des substances inoffensives, tandis que l'arsenic avait passé dans les boissons du malade.

« Aurais-je été assez stupide pour faire acheter ouvertement de l'arsenic, si j'avais voulu empoisonner mon mari ? » objectait l'accusée.

L'argument n'était fort qu'en apparence. Il avait été prévu et préparé, par cette façon même de se procurer le poison avec ordonnance, ou grâce à la complaisance d'un pharmacien. La coïncidence des dates, entre les achats d'arsenic et la maladie de Lafarge, le petit jeu de la poudre blanche, les circonstances de l'envoi des gâteaux, le contraste entre les lettres amoureuses d'octobre et la lettre extravagante du 15 août, quel faisceau de présomptions, sinon de preuves ! Et le récent procès des diamants éclairait d'une lumière imprévue le caractère de Marie Cappelle, cette virtuose du mensonge. Le filet mortel, tout à coup, montra une déchirure.

La première expertise avait accusé l'existence de l'arsenic dans les tissus du cadavre. Les experts en avaient tiré un précipité jaune, soluble dans l'ammoniaque, mais, quand ils avaient chauffé au rouge, pour obtenir l'arsenic métallique, le tube qui contenait ce précipité, le tube, trop hermétiquement fermé, avait fait explosion. Mᵉ Paillet contesta les résultats d'une expérience défectueuse. Pour renforcer son opposition, il demanda l'avis du savant chimiste Orfila, « prince de la science ». Orfila répondit très catégoriquement que la présence du précipité jaune ne prouvait rien.

Tous les médecins légistes, écrivait-il, prescrivent de réduire par un procédé quelconque le précipité jaune et d'en retirer l'arsenic métallique. J'ai longuement insisté dans mes ouvrages sur la nécessité de recourir à cette extraction, et j'ai vivement blâmé ceux qui, ayant négligé de le faire, concluraient cependant à la présence d'un composé arsenical dans les flocons jaunes dont il s'agit.

Ainsi, Mathieu Orfila apportait à la défense un secours inespéré. L'avocat général Decous souhaitait que le savant fût appelé en personne, devant le tribunal. Les juges se contentèrent d'ordonner une seconde expertise avec trois nouveaux experts, des pharmaciens de Limoges. Ceux-ci employèrent l'appareil de Marsh, qui ne révéla pas un atome d'arsenic dans les matières animales.

Marie Cappelle put alors bénir la chimie et les chimistes. Ses défenseurs triomphaient. L'opinion commençait à se retourner, et le mystère se compliquait, s'obscurcissait de plus en plus. Toute la France, et presque toute l'Europe, s'étaient passionnées pour ou contre le sphinx féminin, la femme aux yeux noirs, ange ou démon du Glandier. Ou ne parlait que d'elle dans les salons. Des gens se querellaient, des amis se brouillaient. Les démocrates étaient lafargistes pour faire pièce au Faubourg-Saint-Germain et au roi Louis-Philippe ; les « intellectuels » du temps l'étaient aussi, par romantisme, et par réaction contre la bourgeoisie et la province. Les autres étaient en majorité « antilafargistes ». Enfin – comme nous l'avons vu depuis dans une autre affaire plus grave – peu de personnes avaient le soin ou le moyen de bien s'informer. La plupart prenaient leurs sentiments pour des opinions. C'est le train naturel du monde.

La cour décida qu'une troisième expertise serait faite sur le cadavre exhumé et que les premiers experts s'adjoindraient aux pharmaciens de Limoges. Le 7 septembre, le corps décomposé de Lafarge fut arraché à la terre. On lui enleva le foie, le cœur, la chair de la cuisse gauche, une portion de la vessie et des intestins, et l'on prit aussi un fragment du linceul et un peu de terre. Par une sorte de raffinement macabre, ces débris, mis dans des pots, furent apportés au tribunal. La chaleur de la saison et de la salle bondée développa l'odeur infâme, qui envahit tout l'édifice. Des femmes se trouvèrent mal – pas tout à fait. Elles ne voulaient pas perdre leur place difficilement conquise. Toutes restèrent, blêmes, la nausée aux dents, respirant flacons de sels anglais et cassolettes, ce qui donne une haute idée de la curiosité féminine, véritable passion, capable de refréner les spasmes de l'estomac, le trouble des yeux et le bourdon-nement des oreilles, symptômes bien connus de la défaillance que provoque l'extrême dégoût.

M. Dupuytren (de Limoges) présida aux analyses qui furent faites dans un local du Palais. Le 9, il déclara qu'après l'emploi de l'appareil de Marsh, on n'avait pas trouvé d'arsenic dans les tissus et les viscères, tandis que l'arsenic existait dans les poudres et les boissons.

Des applaudissements éclatèrent. Un sourire illumina le visage émacié de Marie Cappelle, qui se pencha vers ses défenseurs. Mᵉ Lachaud pleurait. Les Garat, les Violaine sanglotaient de joie. C'était l'acquittement assuré ; c'était l'écrasement des Lafarge, Buffière, Denis, Brun, Lespinas. Charles, sorti de son cercueil sous la triste forme de fragments empuantis, venait de justifier sa veuve.

* * *

Le soir, quelle émotion dans la ville ! Sous les arbres qui bordent la Corrèze, les promeneurs s'arrêtent pour commenter l'événement. L'air est vaguement orageux et la chaleur du jour s'est concentrée dans l'entonnoir rocheux de Tulle. Sur les pentes de l'Alverge et du rocher des Malades, les fenêtres s'allument, et des points lumineux piquent la masse inégale, enchevêtrée, des vieilles maisons à toit débordant, à balcons superposés. Dans toutes ces maisons, autour des lampes, des familles parlent de l'« affaire ». Ils en parlent aussi, les boutiquiers de la Barrière et du Trech, assis devant leurs portes à cintre surbaissé ; et dans les vieux hôtels aux grands escaliers de pierre, dans les vastes salons à boiseries sculptées, lafargistes et antilafargistes sont aux prises.

Ouvriers du faubourg, armuriers, forgerons de la manufacture, paysans des « côtes » de Tulle et, plus loin, gens des villages, de Sainte-Fortunade à Seilhac, de Laguenne à Gimel, discutent en patois sur les secrets de MM. les apothicaires qui font, comme par magie, d'un innocent un coupable, ou d'un présumé coupable un innocent réhabilité.

Et tous les regards des Tullistes, comme toutes leurs pensées, ce soir, vont à cette prison bâtie sur l'antique Puy Saint-Clair, l'acropole de Tulle, cette prison où Marie Cappelle, dans sa cellule, avec sa fidèle Clémentine, va dormir en paix pour la première fois depuis le 14 janvier.

Cependant, l'on apprend que l'affaire n'est pas finie, que la cause n'est pas gagnée tout à fait. La cour a décidé qu'une dernière expertise serait faite, par un homme dont le verdict ne pourrait être discuté, par ce « prince de la science » que les défenseurs de Mᵐᵉ Lafarge ont naguère consulté par écrit : Mathieu Orfila.

Ce n'est pas un ennemi de l'accusée. Pourquoi le serait-il ? Ce n'est pas davantage un ami. Il ne l'a jamais vue. Orfila, c'est la Chimie indifférente aux répercussions morales de ses travaux et ne connaissant que les résultats de ses expériences. Me Paillet le voit arriver sans inquiétude et Marie Cappelle reste calme.

Le savant se présente devant la cour à l'audience du 13 septembre. C'est un homme mince, au nez aquilin. Son type physique rappelle ses origines maltaises. Il parle bien, d'une voix musicale et grave. Avec lui, M. Bussy, professeur de chimie à l'École de pharmacie de Paris, et le Dr Olivier d'Angers, prêtent serment. L'effroyable cuisine recommence et l'effroyable odeur envahit la salle. C'est le jour où dépose Emma Pontier pour la seconde fois, la timide, l'imprudente Emma, qui touche tous les cœurs, lorsque les questions du ministère public la pressent, et qu'elle éclate en larmes. C'est aussi l'audition des témoins à décharge.

Le soir, grand banquet offert au doyen de la Faculté de médecine de Paris par les médecins de Tulle. Orfila est sensible à l'honneur qui lui est fait, mais il ne dit rien de l'expertise en cours. Après le repas, il retourne à ses travaux, et ses expériences se continuent toute la nuit, puis toute la journée du lendemain, dans la salle verrouillée, gardée par des soldats, où n'ont pénétré que les experts.

14 septembre. L'audience est longue. On entend encore les témoins à décharge, qui ne sont pas nombreux et pour la plupart étrangers à l'affaire. Témoins de moralité : le banquier Roque, de Brive, M. Brossard – créanciers de feu Lafarge – le curé de Villers-Hellon, Ursule Lorrin (la bonne « Lalo ») – qui a élevé Marie Cappelle. À deux heures la séance est suspendue. Il faut attendre le résultat de l'expertise. Les heures passent bien lentement. Quelle épreuve pour des nerfs de femme, cette inaction dans l'angoisse ! Les fenêtres de la salle se sont assombries. Dehors, le ciel s'est chargé de gros nuages. Par moments, la pluie bat les vitres, une pluie pesante, rapide, crépitante. Marie Cappelle est affreusement pâle dans le cadre de sa capote noire. Ses traits paraissent anguleux. Elle regarde la salle évacuée, les banquettes vides, les gardes postés aux portes, le Christ dressé contre le mur, juge muet, qui sait ce que la justice humaine ne connaîtra jamais avec certitude... Et toujours cet horrible relent de cadavre !

Cinq heures. Les portes s'ouvrent. La foule se précipite. Les magistrats rouges sont sur leurs sièges. La pluie a redoublé. Il semble que la nuit entre dans la salle avec ces hommes calmes, ces experts qui ont eu peine à fendre la masse des curieux, et qui arrivent enfin à la barre.

Orfila parle le premier :

« Je vais faire connaître à la cour le résultat des travaux auxquels nous nous sommes livrés hier...

« Je dois d'abord déclarer que, pendant toutes nos opérations, nous avons été constamment assistés par huit au moins des anciens experts. Ils ne nous ont jamais quittés si ce n'est aux heures où nous avons été nous-mêmes forcés d'abandonner notre laboratoire. Pendant ce temps, l'appartement dans lequel nous opérions, où étaient nos matériaux et les substances sur lesquelles nous expérimentions, a été exactement fermé. Pour opérer, nous nous sommes servis des mêmes réactifs que les premiers experts. Nous n'avons employé aucun de ceux que nous avions rapportés de Paris, si ce n'est le nitrate de potasse qui nous a servi pour brûler les matières et que les premiers experts n'avaient pas pu mettre en usage. »

Et, comme au début d'une leçon, avec une précision mathématique de professeur :

« Je diviserai en quatre parties ce que j'ai à dire.

« 1° Je démontrerai qu'il existe de l'arsenic dans le corps de Lafarge. »

La phrase tombe dans un silence total où ne passe pas un soupir, pas un mot murmuré. Juges, défenseurs, auditeurs et l'accusée elle-même sont de pierre.

Mathieu Orfila continue :

— ... 2° Que cet arsenic ne provient pas des réactifs avec lesquels nous avons opéré ni de la terre qui entourait le cercueil.

« 3° Que l'arsenic retiré par nous ne vient pas de cette portion arsenicale qui existe naturellement dans le corps de l'homme.

« 4° Enfin je ferai voir qu'il n'est pas impossible d'expliquer la diversité des résultats et des opinions dans les expertises, qui ont été sincèrement faites quand on les compare à la nôtre. »

Il explique comment il avait procédé, et pourquoi les analyses précédentes avaient été faussées ou incomplètes. Les experts, peu familiarisés avec l'appareil de Marsh, avaient mal réglé la flamme, les taches arsenicales qu'un meilleur fonctionnement eût fait apparaître,

comme elles étaient apparues après l'expérience récente, s'étaient vo-
latilisées. La faible quantité d'arsenic décelée par l'opération était
contenue dans une très petite quantité de matière animale, à peu
près le volume d'une grosse noix. On avait trouvé un demi-milli-
gramme d'arsenic dans ce peu de substance. Le corps tout entier en
devait contenir beaucoup plus.

Et voici les conclusions du savant :

— *... Il résulte de ces recherches que nous avons retiré de l'arsenic*
métallique :

« *1° De l'estomac, des liquides qu'il contenait et de la matière des*
vomissements traités ensemble comme il a été dit plus haut ;

« *2° Des débris de viscères thoraciques et abdominaux sur lesquels*
nous avons opéré.

« *Cet arsenic ne peut provenir, ni des réactifs, ni des vases employés*
aux expériences ci-dessus décrites.

« *Il ne fait pas non plus partie de l'arsenic contenu naturellement*
dans le corps de l'homme. En effet, par les procédés mis en usage
dans nos recherches, il est impossible de déceler la plus légère trace de
cet arsenic dans les viscères sur lesquels nous avons expérimenté. »

Marie Cappelle leva les yeux au ciel et sembla – dit un journaliste
du temps – protester ainsi de son innocence. L'audience fut levée.

« Après les graves résultats des rapports, dit le président Barny, il
importe à tous d'avoir le temps de se recueillir. »

L'accusée – et dans l'esprit de tous : la condamnée – ne parut pas à
l'audience du lendemain. Les médecins, commis par la cour pour
l'examiner, déclarèrent qu'elle ne pouvait se lever. L'audience fut
donc renvoyée au jour suivant. Le Dr Ventéjou, qui soignait la prisonnière et qui avait subi son charme, fit un « communiqué » à
la presse. Il y disait que, depuis l'ouverture des débats, la santé de
Mme Lafarge avait été constamment dans un état précaire, par suite
de plusieurs affections, toutes graves et alarmantes.

« *Au milieu de ces conflits d'incidents nombreux et compliqués, elle*
a toujours conservé ce calme et cette sérénité qui, sont le privilège
exclusif de l'innocence, » affirmait l'excellent homme.

Le 17 septembre, devant un auditoire nombreux à faire craquer
les murs, et où l'on remarquait un grand nombre d'ecclésiastiques,
Mme Lafarge fut apportée dans une bergère, immobile et quasi

morte. Elle dut entendre, comme dans la torpeur d'un demi-sommeil morbide, la discussion du rapport d'Orfila, le réquisitoire et la vigoureuse plaidoirie de Me Paillet. Le duel entre le défenseur et l'avocat général se poursuivit le lendemain. Puis, Me Bac parla sur l'affaire des diamants. Il reprit la thèse de Mme Lafarge, traita Clavé de « louche personnage » et lut une lettre de Raymond Pontier. Le chirurgien-major transmettait l'attestation d'un homonyme de Clavé, qui avait reçu par erreur une boîte envoyée *par la comtesse de Léautaud.*

À 7 h. 45, le jury, ayant délibéré, rentra dans la salle des assises, d'où l'on avait dû emporter Marie Cappelle sur un brancard. Elle ne put assister à la lecture du verdict qui la déclarait coupable « avec circonstances atténuantes », ni s'entendre condamner à la peine des travaux forcés à perpétuité, à une heure d'exposition publique, et aux frais du procès.

*   *   *

Cette nouvelle retentit dans toute la France. En l'apprenant, le jeune droguiste Guyot, qui avait la tête un peu faible, se tira un coup de pistolet.

Elle avait maintenant des cheveux gris, comme si elle avait vieilli de trente ans pendant les trois derniers jours du procès. Elle était encore à la prison de Tulle. Clémentine partageait toujours sa captivité, et l'émotion causée par sa condamnation n'avait pas fini de croître.

Comme elle fut habile à l'entretenir ! Durant toute une année, elle fit traîner par des artifices de procédure la seconde affaire des diamants. Délais, sursis, pourvois se succédèrent. Quand arriva – car tout a une fin – le jour fixé pour les débats, 29 avril 1841, elle prétexta qu'« une otite de l'oreille droite lui interdisait de s'exposer à l'air extérieur ». Lorsqu'elle se résolut à comparaître, le 4 mai, vêtue d'un deuil adouci et coiffée d'une capote élégante, Me Lachaud, devenu son défenseur en titre, contesta le droit du tribunal à juger cette « morte civile ». Du fait de sa condamnation, elle avait cessé d'être. Il n'y avait plus ni Mme Lafarge, ni Marie Cappelle. La peine infligée par le tribunal correctionnel de Brive se confondait avec la peine criminelle prononcée par la cour de Tulle. Le tribunal n'accepta pas cette thèse. Il accorda seulement trois mois à la prévenue pour assigner ses témoins. Et le 5 août arriva sans qu'elle en eût désigné aucun.

Ses deux avocats les plus importants, Me Paillet, Me Bac, s'étaient écartés d'elle. Bac n'avait pas voulu la revoir depuis la fin du procès criminel, et il savait mieux que personne, ce qu'elle était capable d'inventer. Mais le jeune Lachaud – le troisième « Charles » de sa vie – ce stagiaire de vingt-deux ans, plein de talent, de fougue, de générosité, plein d'amour aussi – s'était donné à Marie corps et âme.

Elle jouait si bien son personnage ; elle était tellement bien devenue la Victime, la Martyre, que ce n'était même plus calcul ou comédie. Elle croyait ce que Lachaud disait d'elle, et se reconnaissait dans la touchante image qu'il portait en son cœur. Elle le tenait sous le charme de ses yeux, de sa voix, de son esprit, des lettres innombrables qu'elle lui adressait, lettres emphatiques, mais flatteuses et tendres que ce jeune homme devait couvrir de baisers. Elle l'appelait son « cher absent », son « cher regretté ». Elle lui envoyait les paroles de son cœur « les plus éloquentes, les plus intimes ». Elle lui disait : « Gardez mon cœur. Le passé n'en a rien pris. Il est tout à l'avenir. » Le jeune avocat la servit comme elle désirait l'être. Le 5 août, il demanda un sursis de vingt semaines pour faire citer M. Elmore, qui était en Angleterre, et Clavé, qui était au fond du Mexique. Le sursis fut refusé. Mme Lafarge déclara qu'elle ferait défaut… et elle écrivit une lettre publique à Mme de Léautaud.

On m'accuse, je ne puis me défendre. On dit que je suis une calomniatrice et une voleuse et l'on ne comprend pas que j'aie besoin de témoins pour prouver mon innocence.

Mais s'ils veulent m'immoler à la réputation d'une grande dame, moi, faible femme qui n'ai plus de nom, plus d'avenir, qui n'ai même plus le droit de respirer l'air du ciel sans entraves, je ne faiblirai pas : je protesterai aujourd'hui, demain, toujours ; je protesterai devant le tribunal de six hommes, mais aussi devant le Tribunal du monde et je veux être acquittée par cette grande voix du peuple qui est la voix de Dieu.

Madame de Léautaud, vous n'étiez pas là, ce matin, alors que mes regards pouvaient faire incliner devant eux votre conscience, et vous êtes là, ce soir, alors que vous n'aurez plus à entendre que des paroles de louange pour vous et des paroles d'opprobre pour moi : mais je ne vous envie pas ! Vous êtes forcée de m'estimer au fond de votre âme et, au fond de la mienne, vous me savez le droit de vous mépriser… Croyez-le, Marie, je n'ai pas faibli pour vous aimer, je ne faiblirai pas pour vous combattre.

Les hommes peuvent m'empêcher de prouver la vérité de ce qu'ils appellent mes calomnies, ils ne peuvent vous donner la force de prouver la fausseté des faits dont je vous accuse.

J'attends mes forces de Dieu ; de Dieu aussi j'attends l'heure de votre remords.

* * *

Cette attitude de revendicatrice est bien particulière à Marie Cappelle. Elle ne peut pas se défendre sans se retourner sur l'ennemi ; et comment se défendrait-elle, logiquement, puisqu'elle ne possède aucune des preuves qu'elle a d'abord annoncées, puisque tout la convainc de mensonge ? Sa tactique est de temporiser, de faire traîner le procès, en escomptant le hasard, l'impossible. Elle réclame des témoins que les citations ne peuvent toucher. Elle défie Mme de Léautaud de prouver la fausseté d'un fait dont elle, Marie Cappelle, ne peut pas prouver la réalité.

Le juge a beau lui montrer ses contradictions et l'évidence de son imposture, elle ne se déconcerte jamais. Elle n'est jamais à court d'inventions romanesques. Elle brouille la voie, complique à l'infini sa manœuvre, et quand la vérité la tient à la gorge, elle se dégage, indignée, en disant :

« Je ne sais pas… Je ne comprends pas. »

L'espoir secret qui lui reste, c'est la possibilité – qu'elle-même n'avait pas prévue – de relations mystérieuses entre Mme de Léautaud et Clavé. Le cher oncle Raymond ne se résigne pas à voir en elle la meurtrière de son neveu, et même, quand la force de la chose jugée s'impose à lui, il cherche des excuses à la coupable. C'est lui qui a découvert l'envoi fait à Félix Clavé par Mme de Léautaud. Une boîte, une simple boîte de couleurs, remise à M. Alphonse Clavé, officier d'administration des hôpitaux militaires.

Ah ! Si Mme de Léautaud avait menti ! Si la calomnie, une fois, avait touché juste ! Que ce serait beau !

Le jour du débat, Me Corali, avocat de la partie civile, produisit une lettre du duc de La Rochefoucauld expliquant toute l'énigme. Ce n'était pas Mme de Léautaud, c'était Mme de La Rochefoucauld qui avait envoyé la boîte à Félix Clavé, en le priant de la remettre au jeune comte de La Rochefoucauld, son fils. Et, d'autre part, la sœur de Félix Clavé apporta le témoignage de son frère, qui habitait à Guadalaxara, au fond du Mexique. Il avait connu le procès Lafarge avec plusieurs mois de retard, et il protestait contre le rôle de maître chanteur que lui prêtait son ancienne amie.

Je ne comprends pas, disait-il, comment j'ai pu être compromis là-dedans. Il y avait tant d'invraisemblances, que la défense de Lafarge était faite pour la rendre plus coupable aux yeux de tout le monde, et la faire condamner plus vite. Mais, pauvre sœur, que d'inquiétudes cela n'a-t-il-pas dû vous donner, bien que vous me connaissiez assez pour croire qu'il n'y ait rien de possible dans tout ce que disait cette terrible femme…

Et dans une autre lettre, parvenue quelques jours plus tard :

Qui aurait pu deviner les moyens de défense que cette femme devait employer ? Pour moi, je ne comprends pas encore que les avocats aient pu se charger de développer des calomnies aussi évidentes. Je suis fort tranquille pour ma réputation à cet égard. Mlle Cappelle fut l'inventeur d'une intrigue dans laquelle elle faisait déjà pressentir un talent naissant. Quant à cette pauvre Mme de Léautaud, elle y est restée bien longtemps étrangère et lorsque enfin elle s'en est aperçue, ça a été pour me supplier de ne plus m'occuper d'elle et me demander pardon d'avoir été la cause innocente d'un chagrin pour moi.

Quelle apparence que j'eusse demandé de l'argent pour me taire, si j'avais eu des droits pour réclamer un autre prix ? Tout cela ne peut être cru que par ceux qui ne me connaissent pas et ne savent pas le mépris que je fais des richesses.

Convaincue de vol et de calomnie, Marie Cappelle vit sa condamnation confirmée par le tribunal de Tulle. Elle s'en prit à Félix Clavé dans une lettre qu'elle fit communiquer à la presse :

… Félix Clavé, vous êtes un lâche. Je vous le crie du fond de ma prison et je demande au monde, à la presse, à vos remords de porter

ma voix jusqu'au fond des déserts où vous vous cachez.

Qu'attendez-vous pour venir venger votre honneur et celui que vous avez perdu ?

Vous avez franchi les mers pour refaire votre fortune. Ne pouvez-vous pas les franchir pour refaire votre réputation ? Il fallait un mot, un seul, et vous n'êtes pas venu ; et ne pouvant me jeter une dénégation, vous m'avez jeté une calomnie et vous avez dit que j'étais une infâme, ne pouvant dire que vous, vous étiez un honnête homme... Oh ! venez, Monsieur, je vous attends, et, s'il le fallait, je vendrais jusqu'à l'alliance de ma mère pour vous fournir les moyens de parvenir jusqu'ici.

Enfin, l'écrivassière infatigable se consola en écrivant ses Mémoires, singulier mélange de faux et de vrai, où elle interprétait, rétrospectivement, les actions qu'elle ne pouvait nier, où elle accumulait, même sans nécessité, des scènes sentimentales, de longs dialogues, tout un roman dont la qualité littéraire est bien pauvre, tandis que certains croquis rapides, certains portraits tournés à la caricature, ont de la drôlerie et de la grâce, et donnent l'idée de ce que pouvait être la spirituelle conversation de cette femme. Elle déchira tout le Limousin avec ses fines griffes de Parisienne. Elle remplit les journaux de ses lettres, de ses adresses, de ses appels, et, le 11 novembre 1841, elle fut incarcérée à la maison centrale de Montpellier.

Peu à peu, le silence se fit sur elle, en dépit des efforts de Lachaud. Ses sœurs, ses amies d'autrefois l'abandonnèrent. Cependant, dans cette condition misérable, elle garda des « croyants ». Mieux encore : elle en gagna. Emma Pontier, Raymond Pontier, le comte de Tourdonnet, le notaire Lacombe et M. Roussarie, de Tulle, lui furent fidèles. Son grand-oncle Collard, qui habitait Montpellier, sa grand'tante, sa cousine, lui prodiguèrent leurs visites et leur tendresse. Elle désarma l'officielle rigueur du préfet et du directeur de la prison. Clémentine l'avait suivie jusqu'au seuil de sa cellule. Lachaud, désespéré, lui avait offert de renoncer pour elle à ses projets, de se fixer à Montpellier, de vivre à l'ombre des remparts où souffrait cette créature unique qu'il appelait l'« être prédestiné du ciel ».

Pour cette femme accoutumée au monde, et qui avait considéré le Glandier comme un exil, la prison fut une très dure épreuve.

Elle faillit y succomber, et puis elle se redressa. Elle avait conquis le médecin qui la soignait, désarmé la méfiance des religieuses. Il lui restait à séduire – moralement – l'aumônier. Elle n'y manqua pas. Elle se fit dévote, et peut-être le fut-elle. L'abbé Coural et son ami l'abbé Brunet devinrent les cibles épistolaires de cette graphomane. Le besoin d'employer son activité sans objet, son imagination sans aliment, la fit se mêler des moindres événements de la prison. Elle prit le parti des religieuses contre le directeur, critiqua l'un, conseilla l'autre, écrivit une pièce de théâtre, médita de fonder un journal. Et – ceci est le chef-d'œuvre de sa vie ! – quand un inspecteur des prisons vint, en 1850, visiter sa cellule et s'enquérir de son état, elle lui tourna la tête. Le bon abbé Coural, persuadé qu'il avait affaire à une espèce de sainte, voulut lui-même présenter une supplique à la reine Marie-Amélie. La parenté n'était pas une raison suffisante – elle était peut-être un obstacle – pour que Louis-Philippe fît une grâce à l'arrière-petite-fille de Philippe-Égalité et de Mme de Genlis. Il lui avait seulement remis la peine de l'exposition publique après sa condamnation. Sans doute, il ne tenait guère à libérer cette personne encombrante et compromettante, qui ne cesserait jamais d'écrire, de parler, d'imaginer, d'intriguer.

Elle fut graciée en 1852, par le Prince-Président. Ce n'était plus qu'un spectre de femme, rongé de phtisie. Sa jeune cousine Adèle Collard – une seconde Emma Pontier – s'était dévouée à la « pauvre Marie » et l'accompagna au village d'Ornolac, dans l'Ariège, près d'Ussat-les-Bains, où cette grande agitée trouva enfin le repos dans la mort. Sa fin fut édifiante. Le curé qui l'aida à mourir était prêt à proclamer partout ses vertus. L'évêque le fit prier de se taire.

*   *   *

Après un siècle, l'affaire Lafarge dure encore et les passions qu'elle a suscitées continuent d'émouvoir la Corrèze. Il y a des descendants des Pontier, des descendants des Buffière, des descendants de tous les comparses du drame qui sont en majorité violemment antilafargistes. Il y a aussi des lafargistes, mais guère. Le Limousin, qui sait aimer ses amis avec une fidélité absolue, est un peu corse quand on l'offense, et Marie Cappelle l'a offensé. Elle s'est moquée de lui. Elle l'a tourné en dérision. Il lui pardonnerait plus facilement la mort de Lafarge que certaines pages de ses Mémoires.

Si l'on essaie de reconstruire le caractère de cette femme d'après les documents psychologiques qu'elle a fournis elle-même dans sa correspondance et dans ses extravagantes confessions, si l'on démêle le fil obscur de la vérité parmi les réseaux brillants et brouillés des mensonges – mensonges habiles ou maladroits, perfides, périlleux, contradictoires ou simplement « décoratifs » – on aperçoit le secret de cette cérébrale qui est son insensibilité. Ni cœur, ni sens. Elle n'existe que par la tête. Plus elle se pose en femme supérieurement sensible, grand cœur toujours vibrant, larmes toujours prêtes à couler, plus cette dureté foncière apparaît malgré les effusions verbales et les effusions épistolaires.

Dans ses Mémoires, on saisit sur le fait le mécanisme de la mythomanie et aussi ce génie de la flatterie, servi par des facultés physiques analogues à la puissance du magnétiseur.

Ensorceleuse. Empoisonneuse. Deux aspects d'un même tempérament. Presque toutes les fées du poison, de la Brinvilliers à la Tamowska, en passant par Marie Cappelle, ont ce regard plus beau que leurs yeux, ce sourire plus beau que leurs lèvres, cette grâce délicate du corps, cette voix légère et douce, tout ce qui fait, mieux que la vraie beauté, le charme de l'éternel féminin. Elles sont les filles de Dalila, les sœurs lointaines de Cléopâtre (si frêle aux bras d'Antoine). Leur séduisante faiblesse désarme la force de l'homme. Leur intelligence aiguë, attentive, impitoyable, se déguise en sensibilité. Elles pleurent à volonté, s'évanouissent à propos, et, cœurs tranquilles dans le crime, elles possèdent, quand il le faut, ce calme qui est – d'après le bon Dr Ventéjou – le « privilège exclusif de l'innocence ».

À tous ceux qui l'ont aimée, Mme Lafarge a dispensé surabondamment les délices de sa louange. Elle a touché la fibre de l'orgueil qui résonne si profondément dans les âmes, et qui répond par l'amour, l'amitié ou la gratitude. Au Dr Pontier, naïf et loyal militaire, à la tendre Emma, au jeune et enthousiaste Lachaud, aux médecins qui la soignèrent dans sa prison, aux prêtres qui l'assistèrent, Marie Cappelle présenta un miroir où ils se virent embellis, ennoblis, héroïsés. Lafarge même devint ou tâcha de devenir un amant « poétique », quand il écrivit avec son sang des phrases d'amour. Mais en eux et par eux, elle ne s'intéressa jamais qu'à elle-même. Ils satisfaisaient son besoin vital d'être aimée, admirée, importante, agissante.

Dangereuse femme, et malheureuse. Elle porte comme un cancer cette imagination proliférante, déviée, viciée, pas même érotique, dépouillée de ce qu'il y a d'humain dans la sensualité. Sa volupté stérile et solitaire, c'est le mensonge, c'est sa transmutation en un personnage créé par elle et qu'elle abandonnera pour un autre. De là, sa maladie mentale et morale, son charme, son crime, son excuse. Mais, encore une fois, l'expliquer, ce n'est pas l'innocenter.

*   *   *

Les comparses de ce drame suivirent leurs destinées. Marie Cappelle avait été leur lien. Ils se retrouvaient seulement dans son souvenir. On sait la glorieuse carrière de Lachaud. Il fut le plus grand des avocats d'assises. Devenu riche et célèbre, marié à l'angélique Mlle Ancelot – qui était peut-être la fille d'Alfred de Vigny – il n'oublia jamais Marie Cappelle. Il ne cessa jamais de défendre sa mémoire. Il protégea sa tombe, et chercha pour elle des amis qui leur survivaient à tous deux.

Me Théodore Bac, au contraire, sans violer le secret professionnel, disait au romancier Élie Berthet : « Vous pensez du mal de Mme Lafarge ? Peut-être n'en penserez-vous jamais assez. »

Raymond Pontier revint en Limousin, ne put s'y accoutumer, reprit du service et mourut pendant la guerre de Crimée. Ses descendants – les petits-fils d'Henri Pontier – vivent encore aujourd'hui à Uzerche.

Emma fut demandée en mariage par un Anglais qui était venu en spectateur au procès Lafarge. Elle préféra épouser M. de Lamaze, dont elle eut sept enfants, et elle mourut à trente-trois ans, la même année que Marie Cappelle.

M. Panzani, après la mort de sa femme, quitta Le Saillant et se retira dans son île natale. Les Buffière se fixèrent à Limoges. Les Pontier, de La Châtre, allèrent à Paris, où ils se logèrent dans le quartier encore paisible et campagnard de Belleville. Mme Pontier ne se sépara jamais de sa levrette Zéphirine. Cette petite bête vécut très longtemps et quand elle fut près de mourir, sa maîtresse éplorée envoya chercher non pas un vétérinaire, mais le professeur Velpeau. L'illustre praticien arriva sans méfiance et demanda à voir la malade. On lui montra un berceau de soie et de dentelles où grelottait une vieille petite chienne jaunâtre. Furieux, Velpeau prit son chapeau et partit en faisant claquer la porte, malgré les supplications de Mme Pontier.

Que devint Denis Barbier ? On trouve encore sa trace, dans les années qui suivirent le procès. Il continue de s'occuper d'affaires – d'affaires louches – disparaît, soudain, sans qu'on sache où et comment il a terminé sa vie.

Clémentine acheva la sienne à Blanzy, près de Villers-Hellon, « en proie à une folie douce », pendant laquelle elle ne prononçait que ces trois mots tragiques : « Elle est innocente… Elle est innocente. »

Félix Clavé, lui aussi perdit la raison et mourut dans une maison de santé.

Le Glandier, racheté par les Chartreux en 1860, redevint un monastère. Les moines durent le quitter au début du XXe siècle. Acquis par la ville de Paris, il est maintenant un Préventorium. Dans les vastes constructions nouvelles, l'ancienne demeure des Lafarge s'est confondue et l'on a peine à en reconnaître les restes. Mais le perron sur la terrasse, le potager en talus, le puits, la rivière n'ont pas changé, et le vallon sauvage, avec ses châtaigniers et ses rochers, se souvient encore de Marie Cappelle.

Le Pouget, 1933-1934.

FIN

ISBN : 978-3-98881-010-6

CPSIA information can be obtained
at www.ICGtesting.com
Printed in the USA
BVHW080715080323
659890BV00008B/473